U0597057

桃花源 古韵悠悠

郑荣来 著

中国当代名家 精品 必读散文

日之有出有落，本是自然规律，

作者年及古稀，也喻比自然，自称日落时分。

然心绪并不悲凉，且有作"黄昏颂"的豪情。

知识出版社

图书在版编目（CIP）数据

古韵悠悠桃花源/郑荣来著.—北京：知识出版社，
2016.3

（中国当代名家精品必读散文）

ISBN 978-7-5015-8983-8

Ⅰ.①古… Ⅱ.①郑… Ⅲ.①散文集—中国—当代

Ⅳ.①I267

中国版本图书馆 CIP 数据核字（2016）第 040830 号

总 策 划　张海君　李　文
执行策划　马　强
责任编辑　梁嫣曦　马　跃
封面设计　君阅书装

知识出版社出版发行
地　　址　北京市西城区阜成门北大街 17 号
邮政编码　100037
电　　话　010-88390732
网　　址　http：//www.ecph.com.cn
印　刷　厂　河北锐文印刷有限公司
开　　本　1/16
印　　张　12
字　　数　180 千
印　　次　2016 年 3 月第 1 版　2018 年 11 月第 2 次印刷

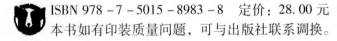

ISBN 978-7-5015-8983-8　定价：28.00 元
本书如有印装质量问题，可与出版社联系调换。

期待秋凉

我不止一次难解小女儿揶揄的尴尬。我居京三十余年，竟没有去过圆明园，她为此讥笑我："连圆明园都没去过，弄不懂您的爱国主义是怎么来的?!"我真的是无言以对。

我不仅住京时间长，还曾在离它不远的中央党校进修过半年，每周从它门前路过两次，我居然没有进去过!

我总有一种心理，以为做了北京人，去的机会有的是，无须像外地人，来京5日游，便把京城主要景点游个遍。我来京22年后才游十三陵，25年后才登香山，便是出于这种想法。

不怕见笑，我还一直以为，圆明园不过是个断壁残垣之所。直到那年8月23日那天，我才吃惊自己呆得真够可以!

那天是周末，或许是女儿的讥诮所促成，我们全家四人，兴冲冲前往圆明园。我妻比我早来北京一年也没去过，对它同样一无所知。我们一进门便处处觉得新奇。一张通票，也不明白何以要12元。但进门不远，见左侧有一开阔水面，上有许多样子少见的游船，便出乎我的意料，而儿子说"大水面还在里面"，就更让我惊讶。再往前走，见右前方有几大片莲塘，莲花盛开的日子已过，但尚有些少花枝摇曳其间。硕大如盆的莲叶，覆盖着水面，其绿如蓝，其蓝如海。我的老花眼睛，一下子得到柔和的调节。我不禁又慨叹自己的呆气，怎么就没有早点儿想到这个去处?不说别的，就冲这几大片莲塘，也很值得一游呀!偌大北京，何处莲塘，如此宽阔，如此繁茂?!

由莲塘向西，便是圆明园遗址所在。路上，小女儿说，考考你们：圆明园是谁烧的?也许怕我们露怯，没等我们答话，她自已先答了：很多人都误以为是八国联军烧的，其实是英法联军。

遗址是圆明园中的一个景点，设有小门，进门须在通票上打一个小洞（全票共有 5 个小洞可打，即可游览五个园中景点）。没走三四十步远，便是遗址所在。真个是断壁残垣：几根融会着中西文化的石雕石柱立于其间，有门状无墙壁，旁有许多倒于地上的石柱石梁，或半露于地面，或深埋于土中。当年的西洋楼，已空空如也。无数图书字画、文物国宝，皆焚于此。

面对这遗址残迹，我想到伦敦的大英博物馆和巴黎的卢浮宫的堂皇。我踏访过这两座举世闻名的建筑，那里面有无数价值连城的文物，其中不少是世界各国的珍宝。络绎不绝、徜徉其间的蓝眼睛黑眼睛、黄皮肤黑皮肤们，不少人都是在这里第一次看到自己先民创造的文明。这巍峨的建筑物里，显示了法兰西和大不列颠人的骄傲，却也掩藏着埃及、印度和中国等国人的悲哀。我说不清它收藏了多少神州的宝物，却知道它的来路有许多不洁。我怀着一分好奇进门，却带着一种沉重离去。今天，我立于西洋楼遗址前，仿佛看到侵略者在这里掳掠三天、抢夺宝物的图景，又仿佛看到火光中飞扬起《永乐大典》的灰烬……

此时此刻，正值当午。"秋老虎"的余威，造成了难以承受的憋闷。我感到身体不适，便不得已提前回家。但我们留下一个心愿：等秋凉时再来。

到家后翻书，才确切地知道，圆明园占地 5200 亩，比颐和园大 850 多亩。圆明园还大有可看：长春园、绮春园我们没有细览，大水法和迷宫等处我们还没有去；遗址的特殊意蕴，也大有让人深思的地方：欧罗巴那两座建筑，展示的是征服者的骄傲，以别人之灿烂增添自己的辉煌；圆明园遗址，表现的是被欺凌者的耻辱，以自己的断壁残垣刻写当年国家的衰弱和政府的腐败与无能。政治陷入腐败，文化难逃劫难。

在中国的园林文化中，圆明园是一篇写不完，也读不尽的文章。

我期待着秋凉。通票上，还有几个没打的小洞。

农展馆南里 10 号

真是有缘，我曾在这里工作过。

这是一个大院，在北京东三环路东侧，主楼十又六层高，兆龙饭店斜对面。中国文联和中国作协所属的十几个单位都在这里，有三家很有影响的报纸，三个很有影响的出版社，十几种很有影响的文艺杂志，它已是京城中颇有名气的所在。提起中国文联大楼，知道者已不在少数。特别是楼顶上挂了个特大字牌之后，"中国文联"四字更是赫然在目，留在过往行人的心中。

我们搬进此楼的具体日子，已经记不清楚，但搬迁时的心情，却是记忆犹新。

我当时效力的单位，叫中国文联出版公司。它从 1983 年创办之日起，三四年中竟搬过三个地方：西单太仆寺街、建国门泡子河和东单新开路胡同。今年西，明年东，如同吉卜赛人，没个安定的感觉。

最不安定的，要数新开路胡同 77 号。那是一个临街的阁楼，三层高的建筑，属陈年老屋，多有破败之象，上楼下楼，楼板嘎吱作响，实际上是座危楼。我当时写小文章，曾用"魏楼殇"的笔名，就是取"危楼上"的谐音。同事有爱开玩笑者，竟把它当作我的绰号。而"魏楼殇"心中明白，一个家底不厚的单位，能在闹市租到这楼也是不易。

在那里，没个开全体会的地方，到了年终总结，我们只好到马路对过，租借铁道部出版社的小礼堂。最不方便的，就是没有吃饭的地方。每天带饭麻烦，进馆子又吃不起。不少人于是到马路那边协和医院食堂，托医院职工买饭票，冒充他们职工去吃饭。我也去过一回，是个大雨天，那感觉就像当小偷，生怕被人认出，赶将出去。

不安的感觉，还不止于此。那楼几经倒手，先前的住户没交房租就溜走，我们承担了房租，还吃了冤枉官司。虽有领导顶着，我们也还是担心，生怕听到逼租的声音。

对于我个人，最感不安的，还是对家庭的不能关照。我们夫妻两人，以"西红柿搭黄瓜"式的协议，一起调来此单位。两个孩子在我家（金台西路2号）附近上学，我们中午回不去，难以照顾。那年冬天，11月27日，天刚下过雪。10岁的儿子，午饭后到小学附近，和小朋友打雪仗。他们登上一个3米高的小平台，"战后"打赌，撺掇"傻大胆"做"英雄"："不敢跳是狗熊！"傻儿子干了冒险的一跳，右腿摔成骨折。我们见状痛心疾首，都归咎于单位离家远，没法管教孩子。

有一天，我路过东三环路，见文联大楼行将竣工，无意中心生幻想：要是在这里上班就好了，文联自己的大楼，离家又近。

没想到，经领导们的争取，又得到文联领导的同情和理解，我们真的被允许搬进这大楼了。搬家那几天，我们真是很兴奋。头一天上班，我骑着"永久"牌自行车，认认真真地测量了一下离家的距离——只有15分钟，还真理想！那天中午，我们两口子，到路西一家小餐馆，要了三个菜，舒畅地小撮了一顿。我们从此告别了危楼，也告别了不安定。

搬进这大楼之后，便渐有耳闻，据说文联机关也有许多人家住红庙，离此不远处。他们多年前就向往搬进此楼，但他们把好处让给了我们。仔细想想，这不就是一种风格吗？谁说这世界好人是少数！

坐在大楼里，3个人一间屋，并不算宽松，但我心里，却感到敞亮：高在7层，向北眺望，一片片绿树中，间有些平房，少见高楼，也没啥遮拦，心中颇有开阔感。最扎眼的是那座传统风格的建筑——农业展览馆。

从此，我们的信封上，便清楚地印上新地址——北京农展馆南里10号。这序号，意味着安定，也意味着发展。

如今，我离开这里已经10年，但每当我路经这里时，这大楼总要引我注目，乃至驻足。

那"中国文联"四个大字下，整栋楼里几乎都是"做嫁衣"者，每一层楼又都有我熟悉的朋友，他们不少是资深或著名的编辑，十几年乃至几十年如一日，至今仍在为他人编织着美丽的衣衫。他们奉献着智慧，也奉献着精神，令我敬佩。

那熟悉的窗户里，也有我杂乱无序的脚印。我在这里学习过编图书、编刊物，长了不少知识，也深深地体验过这种"为他人做嫁衣"的生活。那是我的一段人生，让我难忘。

我的人生履历中，落不了这农展馆南里10号！

陋室九点三六

我在煤渣胡同住过10年，却至今不知道胡同的名字何以叫煤渣。只是仿佛听说，它原来是堆煤渣的地方。

我于1970年结婚，报社给了我一间房子，在煤渣胡同第一单元三楼。房子的面积小了一点，才10平方米——后来多事，量了一下，实际是9点36平方米。不过，我是知足了——当时正是"文革"期间，单位没盖新房，有个属于自己的窝儿，也算可以了。热情的同事老王，抽个星期天，帮我粉刷了一遍。他弄得浑身大白，汗水如注，我只以面包和杯水相敬，想起来煞是惭愧！

成家之后，经常守着一个"红旗"牌小半导体收音机，打发了晚上的时间。电视，当时是稀罕之物，属高档文化消费。"九点三六"当然没有气概去接纳它。不过院里倒是有一两户拥有者。国庆、元旦或春节，或有游行检阅，或有文艺晚会转播之时，电视机的主人热情无比，敞开大门，来者不拒。一时间，椅子、沙发不够用，观众便站立四周，十五六平方米的客厅，成了一个小影院。此时，"走资派"、"造反派"、"保守派"，仿佛都没有了距离。在客人的心目中，"走资派"，并不坏！

平平淡淡的日子，就这样过了5年。终于，喜事和愁事结伴而来——孩子将要降生，岳母要来却没有房子住。我没有勇气去欢迎岳母大人。

孩子的拳脚，无情地催促着我们。我们把主意打到楼下那间平房，它的主人老邵正在黄浦江边养病。我战战兢兢地给他写了封信，请求借用其中一小间，供我岳母暂住。

不到10天，一封热情、简短而痛快的回信，让我们喜出望外："你尽管住好了，没关系！"

秋天，"九点三六"迎来了一老一小，小的带着"小葫芦"。狭小的空间，充盈着天伦的欢乐。欢乐和辛苦同行，我们开始了哄哭逗笑、管屎管尿、排队买奶、领证取票的系统工程。

欢乐没有维持多久，艰难却接踵而来。六七个月后，岳母因事回了东北，我又"光荣地"去了干校。妻每天到京城西北角上班，倒3次车，来回3个多小时，早晚还要接送孩子。其中艰难，不堪回首。

其实，现在想来，艰难最是地震时。

那是1976年。人们永远会记住7月28日凌晨3时45分。大地突然大发脾气，摧梁毁柱，使数以十万计善良的唐山人，过早地离开了人间。京津唐千百万活着的人们，也因此不得安宁。顷刻间，煤渣大院已少有滞留者，纷纷外出寻找空阔地搭防震棚。我妻自己一个人，抱着不到一周岁的"小葫芦"，没有帐篷，也没有小床，急得直哭。邻居大老李见状，说："我有张行军床，你拿去用。"并帮忙照看着孩子。在公家架起的大帐篷下，妻儿获得一个栖身的位置。天，不时下着邪了门的滂沱大雨，不时传来余震的警报。于高度紧张的气氛之中，妻儿在帐篷下度过了许多不得安宁的日日夜夜。

秋风，没有吹走险情，落叶，却迫使人们冒险回到院内。那天，我已从干校回到家里。据说地下室安全系数较大，人防办公室通知，从晚上开始，需转移到地下室。我们分到一张单人床的面积。

四散多时的煤渣大院人，重新聚在一起，真有久违了的感觉，甚至有劫后余生的欣喜。只有视这一切都漠然的"小葫芦"，对地下室感到窒息，一放下就哇哇大哭，直到大家都躺下准备睡觉时，仍然哄他不住。"别人怎么休息?!"我们自知有碍他人；况且，一米宽的地方，3个人也实在挤不下。我们决定不理会白天刚传达的余震警报，立即搬回到3楼去。

已是子丑之时。我和妻子对坐着，眼睁睁看孩子安然入睡。桌上倒放着一个空啤酒瓶，以防不测。整栋楼，只有我家彻夜亮着灯光。

一夜没合眼，我们疲惫不堪。正在为难之时，住在平房里的刘兄两口子，主动对我们说："3楼危险！搬到我家来，一起住吧!"

我们有遇救星之感，感激之情尽在不言中。一间小屋，一张大木床，把床腿支高，他们一家睡床下，我们一家睡床上。平房没有钢筋水泥在头顶，不怕粉身碎骨。

舒坦地睡了个安生觉。只在半夜，在床上给孩子把了一次尿。万籁无声，"小葫芦"对着小瓷盆，独奏了一支小夜曲，曲声如泉水叮咚，少闻有美如斯!

荏苒之间，在煤渣胡同住了9年多。岁月易老，往事萦怀："九点三六"，未敢言窄；5张票子，难免窘态；远去干校，又逢震灾……种种艰难，都在这里经历。但让我永难忘却的，不仅仅是艰辛，还有与它同在的那一颗颗金子般的心!

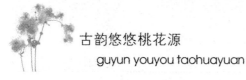
我家东迁之后，我时有机会路经这里。日前，我又一次重游旧地。看着在五星级饭店映衬下显得低矮的煤渣旧楼，心中仍不免回荡起往日的感慨：

啊，煤渣胡同！谁说你是堆煤渣的地方?！

今年第一场大雪

今年冬天的第一场大雪，比以往时候来得更晚一些。我昨晚刚从多雨的贵州回到北京，今早6点半就出门，要到金台园参加晨练。一推开单元门，便见满视野的白雪，覆盖了草地和道路，空中还纷纷扬扬，飘洒着密密的雪花。"好！好雪!"我心中的企盼，终于凝成了语言，脱口而出。

近一个多月来，京城的暖冬天气，那少见的异常，都快让我们憋不住了，"冬至"都过了，却没有冬的景象。京城职工今年的最后一个工作日，迎来了姗姗来迟的一场大雪，那喜悦的心情，想必都是共同的——那是下"馒头"呀！

踩着"沙沙"作响的雪地，我来到金台园时，天还只是蒙蒙亮。园中最大的空地上，练剑功者十四五人，已经开练多时。我们老人操的地盘里，也已来了五六人。脚下踏着两厘米厚的雪地，头上接着纷飞的雪花，悠悠然地做着老人操的每个动作。脑袋和羽绒服上，积聚着越来越多的雪片。一片白茫茫的天色下，一群追求生命质量的执着者，正做着与自然抗争的运动。充满活力的此情此景，给人的是一种振奋的感觉。目睹并经历如此场景，我心中仿佛涌起又一股热力。

金台园的一位工作人员，忽然拿来两把笤帚，低头打扫我们脚下的积雪，他要给我们这些老人一个干净的、不滑的锻炼场地。见此情状，我们几人中年纪最大的两位，76岁的陈清和89岁的方成，马上接过他的笤帚，清扫身边的积雪。然而雪下个不停，不一会儿，雪又满地。只见方成老人扫雪不止，顺着身后那条路，一直扫到园门口——有四五十米。直到我们做完操，仍未见他回来。"过两天他就90岁了!""这事你应该写一写。"有人对我建议。

做完操，在回家路上看到许多扫雪的人，我忽然想，我是该写写这场雪。我快步回家拿来数码相机，想把这难得的雪景留在镜头里。我经南区食堂门口，又经编辑部大楼，再到西大门，一路所见，都是铲雪和扫雪者，找不到一片无人的雪景。镜头里看不到平时常见的那种行人稀少的场景，"咔咔嚓嚓"的铲雪声，打破了冬日清晨的宁静，营造了一种特有的热闹景象。

在通往西大门的大道上，有两群穿着深灰色服装的小伙子，他们扫的扫铲的铲，正向西大门方向推进。我问他们是哪个部门的？有多少人参加？"综合管理处，100多人。"一位干部模样的人说。我知道他是指全院范围内，都有他们的人在扫雪，其中有行政干部，也有保安人员。

最是热火朝天的路段，是那条人行干道上，那扫雪队伍是武警部队的战士，两列人马一字排开，竞赛着往前铲，热情很高，干劲很大，速度很快。他们中不少是新兵，在报社更是第一次参加扫雪，他们把温热的汗珠，洒在了金台西路2号院。他们的教导员告诉我，他们60多人，从早晨六点半开始，扫了大院又扫大门外，报社职工要经过的人行道都扫了，扫了一整天。他说："我们驻守一方，就要保一方平安。"

我把上述场面，都收入了镜头里。北区食堂门口白杨树上那两个雀巢，有喜鹊正在那里欢歌跳跃，它们喜欢高寒，也乐见飞雪。我也把它定格了。可惜画家方成老人扫雪的镜头，我却没有赶上拍。不然，那是个多么感人的画面啊!

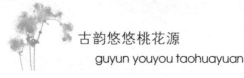

　　8时许，我又回到家门口，家委会李大姐，正拿着麦克风，扩音器里面响着悠扬的乐曲声，吁请居民起床，出来参加扫雪。我要了一把铁锹，把自家单元门口的雪扫到一边（我的境界仅仅是"自扫门前雪"！），就又匆匆折返编辑部大楼门前，补拍镜头去了——事后我自己也说不清楚，为何对这场大雪如此有兴趣！

　　这天午后，我因事出门。在大街上，许多积雪都被迅速清扫干净，一些商店门口，铺上了防滑垫子，有的还铺上红地毯。在地铁的入口处，放着一些墩布，供人擦鞋底的雪。细微之处，我看出了人们的善心。

　　2006年的这场雪，来得如此之迟，但它下得酣畅淋漓，从半夜下到上午10时许。我们不再埋怨它的姗姗来迟，却感谢它带给我们未来一个丰年，更感谢它带给我们一股凝聚的力量。你看，人无分男女老少，地无分门前门后、马路公园，人们都在协力同心，打扫出一条利己利人的路道。遇热融化、承受不了热情是雪的个性，使人凝聚更是雪的一种魅力。

　　我赞成一位作家的看法：雪带给人们寒冷，而寒冷也是一种温暖。感受今年冬天的这场雪，那作家之见，其实也是事实。

又是白杨飘絮时

　　清明节一过，空中就纷纷扬扬，飞舞着白色的杨絮。行走在路上的人们，衣服上也沾着朵朵絮片。家中的纱窗上，更是花白一片，扫也不易扫得干净。若一开窗户，它们便蜂拥而入，落在地板上，和尘土相勾结，成球成团。每天打扫卫生时，总要小骂一声："讨厌的杨絮！"

奇怪的是，这讨厌的东西，却是我期盼之物。一个漫长的冬天，身上裹着笨重的寒衣，特别是刮西北风之时，总要穿得里三层外三层，麻烦得不行。春节一过，就极望早点儿把它脱掉，换得一身轻松。而白杨飘絮之日，便是轻松到来之时。因而窗外那几棵高大的白杨树，便备受我的关注：什么时候长出串串嘟噜，什么时候嘟噜掉落满地，什么时候冒出尖尖小叶，什么时候长成汤匙形状、迎风摇曳……待到嫩绿一片，便宣告春到人间。也就在一身舒展中，迎来那翩翩飞舞的白絮！

忽然想起某年8月，那次J市之行。那天午饭后，我邀同屋某兄："走，逛逛S大街去，十几年前我去过，那路边的白杨树，高入云天，林荫大道，别处少见！"但到得那里，竟见林迁树变，原貌不存。高高的白杨已无踪影，矮小的松树取代了它的前任，立于宽阔大街的两旁。已不漂亮的大道，让我感到扫兴，归而问当地友人：为什么没有了白杨？他说他也搞不清楚，据说因为许多人讨厌那杨絮。

我是外方来客，按传统礼貌，应当尊重人家的选择，因而不敢深究，更不敢多嘴，说三道四，妄加议论，但心中总是存疑：仅为飞絮这一点，便至于把奉献了多年美丽和阴凉并做了多年风沙屏障的参天白杨整个地抛弃吗？

如今设想，假如北京也有人有此动议（前些天还真有骂杨絮之声），我作为一千二百万分之一的市民，就想说说我的选择。

树木之中，没有缺点者，怕是极少极少。以我所见，北京市树洋槐，木质坚实，寿命也长，但成长缓慢，树荫不大，秋天还爱长"吊死鬼"。南京的"法国梧桐"，枝繁叶茂，亭亭如盖，遮阳挡雨，荫泽行人，但据说，其果实坚硬且带刺，冬日之后自然掉落，砸人脑袋没商量。两广的木棉，别号"英雄树"，高大魁梧，花红如血，美丽而崇高，但它排斥绿叶扶持，又显得高傲自大。再说松树，它不畏冬寒，四季常青，寿高超群，浑身是宝，陶铸曾作《松树的风格》，极赞其高风亮节，但它叶细如针，难成树荫，以庇行人，更兼长得太慢，不能满足快节奏、求速效的社会需求……

万树万木，各有优长，各有缺陷，风情万种，千姿百态，但又都以自己的一色，构成大自然的姹紫嫣红，构成春的盎然，夏的蓬勃，秋的充实，冬的萧瑟。它们个性顽强，我行我素，从不改其志。不赶时髦，不趋节令，你喜春暖，我恋冬寒，各怀其志，永不迁爱。它们避短扬长，各显神采，共同装点世界，协调环境，适应人类需求。你看，春日桃花艳，夏日玉兰白，秋日桂花香，冬日紫荆红，春节更有木棉似火焰。彼落此起，有消有长，共同向自然，也向人类奉献着美丽，奉献着芳香。它们各自的一点儿缺陷，自古就为人们所忽略，甚至把它视为不可或缺的可爱。蔷薇身带刺，藤类爱纠缠，已被人们因势利导，用作防护或点缀秃墙之物。人们的审美观念，甚至把某些难以避免的缺陷视为美：花的凋谢，意味着果实的成长；叶的泛黄，预示着丰收的到来；落叶萧萧，带来的将是如银的世界……它的缺陷展示之日，也便是希望诞生之时。正如某诗人所说，冬天到来了，春天也就不远了。

由木及人，也是如此。虞舜为人圣，其躯却短，伊尹乃贤臣，也是矮个，秦皇汉武，输在文采，唐宗宋祖，却欠风骚，魏武曹操，爱惜文才武将，却有疑心太重的毛病，宋玉文才横溢，却是好色之徒……伟人毛泽东"金无足赤，人无完人"之论，把正确对待缺点的道理说得形象而透彻。攻其一点，不及其余，因其有缺点，而把它整个抛弃，不是得当的思维。宽容待之，于彼于己，都大有好处。

看人看木，道理大同小异，都蕴含着哲理和文化。我说我讨厌杨絮，那是一时的气话。当杨絮飘落完毕，大道上赐予我阴凉之时，我心中真正想说的一句话便是："可爱的白杨！"

"评委"这差事

近日单位里搞红歌比赛，庆祝国庆 60 周年，请我当评委。本单位的事，我当然义不容辞。但答应之后，不免想起干这差事的种种滋味。

20 世纪 90 年代中，中国作协的某文学期刊，曾邀我做评委，评选当年该刊发表的优秀散文作品。事先花了一些时间，审读他们预选出来的二三十篇文章，然后开会讨论，再投票选出一、二、三等奖。虽然发消息时公布了评委名单，但没有向读者提供更具体的信息，谁谁投了谁谁的票，人们并不知道。当时开玩笑："这活儿干得过！评委风光，又不得罪人。"这评委我连续当了两三年。

有压力的评委也当过。那是新世纪之初，我刚退休不久，中国作协某报，新任主编上任后，邀请 3 位业内人士做评委，我是其中之一。我们的任务是，评议该报各版的版面和文章，每月评一次，年终做总评。搞得很正规，还正式发了聘书。因为都是熟人，又只是我们 3 个人，这个月的奖给谁不给谁，有的部门版面奖得多了，有的部门奖得少了，到了年终算总账，就难免有不同意见。我们无法直接听到意见，但心里明白，有些部门可能心里不平衡，甚至有点儿怨气。后来知道，事实也的确如此。这活儿干了一年以后，以"暂时告一段落"为由而结束，我们得以脱身，也感到一身轻松。

最让我感到意外的是 1997 年，那年全报社搞歌咏大赛，从社长、总编辑、编委成员，到各部门职工都参加。规模之大，极为罕见。评委会由社外著名音乐家和社内部分人士组成。我忝列

评委之一，也是不胜光荣之至。各部门极为重视，都统一置装，并请专业人员帮助排练，有的还聘请了专业指挥。评委会制定了评分标准，颇为规范。大赛进行得热烈而有序，各部门都渴望得奖。竞争最激烈的是一等奖。大家最看好的是 A 部和我所在的 H 部，宣布评委评选结果，我所在的单位夺冠！H 部人当然欢呼。事后听说，A 部有的人不服。不满的意见，我也是姑妄听之，不大在意。后来有一天，外地一位编辑给我挂电话，问我稿费收到没有，我说还没有。我于是去查，殊不知竟有 5 张汇款单被压着，没通知我去取。我这才知道，原来是 A 部的某参赛者，迁怒于我了，认为我偏袒了自己单位。其实敝单位胜出，皆因总编辑亲任指挥，按规定加分所致。我是被误解了。

我由此想到中央电视台举办的青歌赛，相对而言办法先进一些。评委人数多，且有去掉最高和最低分一项规定，这就避免了一些嫌疑，评奖较为公正。因为很透明，打最高和最低分者，都难免被疑。打高了是个人偏爱，甚至被疑得了什么好处（当然也排除有真的）；打低了是心怀偏见，甚至被疑有什么过节儿。如此等等。"见仁见智"之说，虽然是事实，但总难免被误解，难以说得清楚。

我也深知，评委的责任重，他会影响参赛者的许多事情，小则奖金福利（如本单位之小赛），大则个人升迁以至一生的前程（如全国性之大赛）。评委投票，要慎之又慎。水平不高的评委如我者，因知识不足和视野不广，打分时有不妥也是无可奈何，但一定不能杂有私心和夹带情绪。我当评委，坦白说也是小心翼翼的。

这次单位的红歌比赛结束了，奖也评出来了。让我高兴的是，竞争很激烈，但结果皆大欢喜。胜者兴高采烈，败者心悦诚服。有竞争意识，却无锦标主义。我于是释怀了，不担心有人不发我的稿子，也无稿费单被延压之虞。这次的评委，当得很舒心。

今日忽忆多趣往昔事，如闻社会前进脚步声。

师影憧憧

我上过学的学校，比我的许多同龄人都多。小学在广东番禺，先后进过私塾和新派学校，继而回到家乡大埔，初小在本村，高小到邻近大村，初中先上技术学校，后又改上普通中学，反"右"后换了一拨老师，高中又另换一批老师，大学课程多，我因病休学一年，再次换了一些老师……老师如走马灯，教过我课的很多，究竟有多少，我难以说得准确。粗略一算，少说也有六七十位。其中许多老师的形象，讲课时的样子，包括语调和举手投足的特征，以及平时的个性表现，记忆中总是挥之不去。

生我养我助我的父母我是忘不了的，他们的无私造成了我的人生。我现在想起他们来，除了感恩之外，就只有愧疚之情了。教我育我给我知识的老师，我也是铭记于心的，他们的培育、引导和影响，给了我为社会效力的本事，也使我做了生活和事业的选择，因此对他们也是充满感激之情。

走出校门，到了工作岗位，又有一拨同事做了我的老师，他们教我怎样做编辑，怎样当记者，怎样处事，怎样写文章。工作了四十多年，也学习了四十多年。我从老同事那里，学得了许多学问，汲取了许多营养。我的天赋很低，而我的老同事却给了我很多。耳濡目染，潜移默化，让我获益匪浅。我庆幸我有这个文事环境，更庆幸身边有许多堪为我师者。

在我们的生活中，对别人的敬称，常用"同志"、"先生"，也曾时髦"师傅"，现在的年轻人，更爱用"老师"，不管是专职老师，还是一般人士，只要比自己年长的，都以此相称。这也说明，能为老师者其实很多。所谓"三人行必有我师"，也并不算夸张。别人有长处，都可引以为师。用这一观念处世，便会谦虚许多，谨慎许多。何况是那些有真才实学，又境界高尚的长辈，他们的言行堪为模范，站在他们面前自然就会感到矮半截，一切自满的心态都会变成自愧弗如。我在工作中常常碰到这样的师辈，事后就情不自禁地把他们的事写下来。他们也真的给了我许多力量，比如退休后的不甘闲暇，而乐于做一点案头杂活儿，就是有他们的影响因素在。

恰如站在图书馆的书架前，那里放射出来的伟大和辉煌的光芒，会让人感到自己的渺小。我在电脑前忙活多少年月，倾全力敲出来的东西，有时往往也觉得，它也许只配人家睡觉时垫脚用，但想到我的师辈的培育苦心，想到那些年在望八望九仍旧执着于文事的前辈，我也就不敢轻言放弃。有一分精力，就多一分耕耘，收获就不问了。意在排遣也罢，释放也罢，不让余年白过就行了。

我的这份执着，其实也还有另一层用意在，那就是给我自己的儿女看。我们有时也是过于苛求，看到他们玩电脑游戏玩得过劲了，孩子妈就会说："看你们，大好时光拿来玩，也不觉得可惜！你看你爸，满头白发了，还舍不得浪费时间，好好想想吧！"我们也是用心良苦，只是观念有点陈旧，方式有点过时，我们忘了一点，他们已非小学生了。

父辈和儿辈之间，常说有代沟存在。这是一种普遍存在的事实。正是因为这，父辈往往不同于师辈，父亲不等于老师。孩子在校很听老师的话，回家却不听父亲的话，也是常有的事。老师一般总是以正面的形象出现在课堂上，他的义务和责任感都对孩子有正面的影响。而父亲在家里，言行往往没有约束，给孩子的影响有正面也有负面，他对孩子的教育效果，也就往往不如老师。所以，学会怎样做父亲，其实还是我们做父辈者的一项重要任务。

活到老学到老，是我们的一句格言。人再老都还需要学习，学习就需要老师。我现在鼓捣电脑，就经常碰到大大小小的难题，同辈很少有人能解决，于是只好找儿女或本单位的年轻人。我求过后者中的好几个人，他们都很客气也很耐心，挂一个电话过去，那头就传来热情的回应，给予细致的讲解和指导，直到我明白为止。儿女就有点儿不同，问多了就有点儿不耐烦。我也是有一点儿"父道尊严"，不管人家正干着什么，我一问就急着要他们回答，甚至要马上帮我解决。实事求是地说，他们的不耐烦其实也难怪。为此，有时为了解决问题，我就换了一种心态，不计较他们的态度。那年女儿去学车，说她那班的老师可厉害了，说话横得很。我不知道，"师道尊严"和西点军校的遗风，怎么就那么容易为这类"师辈"所效法！不过，对求学者来说，只要能学到本事，老师的态度和教学方法，都是无关紧要的了。

韩愈说："人非生而知之者，孰能无惑（谁能没有疑难）？"老师"无贵无贱，无长无少"。因而"弟子不必不如师（学生不一定不如老师），师不必贤于弟子（老师不一定比学生高明）"。韩愈作《师说》一文给他的一个学生，给他讲上述道理。韩先生何等通达，何等高明，又何等谦虚！

往日以长辈为师，如今以年轻人和儿辈为师，我的老师中又多了一大茬人。回首大半生，曾为我师者不胜枚举，其中有印象清晰者，有的则已记忆朦胧了。师影憧憧，影像斑驳，记忆闪烁，有时觉得遗憾，有时也感到一种美！

年老忘性大

年近古稀之时，记忆力日渐衰退，忘性越来越大，时有丢三落四，逢人想不起名字之象。常遭老伴埋怨，我自叹无可奈何。

近日正式跨入"古稀"，记忆力也仿佛突飞猛退。那天早上，我上医务所取药，老伴交代：顺便买点橘子和香蕉！"知道了。"我满口答应，便出门去了。一个多小时后回到家里，老伴接过橘子，"香蕉呢？""糟糕，忘了！""怎么回事？""我是想到还有一样没买，但想不起是什么了。""丢三落四！""是，我快老年痴呆了！"一句话，彼此一笑了之。

在家里可以一笑了之，在公众场合却常陷入尴尬境地，以至得罪朋友。1月13日在北京饭店，参加中国作家协会举办的"迎春联欢会"。我在开会前半小时就进入会场，一位老朋友向我招手，我很高兴地走过去，与他同席坐下。寒暄、闲叙，颇感亲热，就是想不起他的姓名来，好在当面交谈，无须说名道姓。忽然身边来了文友李兄，大家都是圈内熟人，如同熟得掉渣的挚友。"他叫什么名字来着？"李兄忽然咬我耳朵，悄声问我。"记得有个'培'字，"我很尴尬，"想起来了，叫朱德培！""不，叫胡德培！《当代》原副主编。"我们俩终于记全了他的姓名，不禁发出会心的窃笑！

最让我难堪的是散会时，在饭店门口，一位朋友从我身边过，回头跟我说："不认得我了吧？"我看他很面善，只是叫不出名字来，就嗫嚅其辞地回应："对不起，我一时对不上号！"他回身就走了。我知道得罪他了，感到很过意不去。

其实，我是真心实意为会文友而来，会间也确实见了许多老熟人，其中有不少都还叫得出名字，见面一拍肩膀，久违之友，忽又亲如兄弟，其乐融融。当然，也有记不起在下的。但我想，没关系，见面就好。

看来，记忆力减退，已是老人的普遍现象。近日报上说，权威调查数据显示，老年痴呆症的患病年龄，已由原来的65岁提前到55岁，整整提早了10年！如此说来，我还算是幸运的了。

我很佩服古往今来的博闻强记者。古书有载，有人丢了一箱子书，竟逐一背诵记录之，后来那书失而复得，两相校对，无一差错。王充家贫无书，常游洛阳书摊读书，"辄能诵忆"。还有只见一面，数十年后见于途中，竟能叫出名字来的。这都是古人古事，不足为训。今人也不乏记忆力好的，更有老而记性不减者，周恩来就是这样的伟人，多少年前见过的人都能认得出来，并能叫出名字。获得 2007 年度国家最高科学技术奖 92 岁的吴征镒院士，被中外同行誉为中国植物的"活词典"。同事和学生、助手都说他博闻强记。编《中国植物志》时，他能记得文献的出处，在手稿里写出人名注出年代，助手查对文献，丝毫不差。据说，大学者陈寅恪，老年双目失明，指导研究生查文献，常口授何书何章何节何页第几行，也是准确无误。

奇人伟人不可比，但平凡如我辈，减少忘性也不是不可能。有科学研究成果认为，每个老年人的记忆潜力很大，至少还有90% 没有被发掘出来，它能保持 70 至 80 年以上，世界上最聪明的人，也只发掘到 2%。因此，如果我等能够多发掘出一点点记忆潜力，也许就能够延缓或阻遏记忆力减退的趋势。

如何实现？又有专家说，多吃干果多吃鱼，勤动脑筋多阅读，是其中之一法。近日又有媒体介绍，喝某种果汁可防记忆力减退。而这几条，都被我所忽略，都是我的弱项。但是，我没理由因此原谅自己，因为记忆力下降是主观努力不够所致，脑筋动得不勤，书读得太少。

因此，我在这里想说，我要遵专家之说，多吃花生、瓜子、海鱼之类，健脑生智；常翻翻《中国作家大辞典》，以及文友的赠书，让他们的名字不生疏。常动脑筋多思考，如季羡林先生那样。若此，我也许会多长些记性，至少不会再忘了买香蕉；那位我至今没想起名字来的老友，以及其他文朋诸公，明年此刻再见时，也许我能够高声喊出他们的名字来。

不太自信，但想努力。

从这里起步

1979 年，我家第一次订阅《北京晚报》，它是我自费订阅的唯一一份报纸。当时，我从信箱里拿到的报刊，虽然不止一种，但被全家人都关注的就只有它，它有好几个版常被我们浏览。我爱看头版、体育版、文学与社会和五色土副刊；我爱人喜看社会新闻、文化新闻、文学与社会和五色土；儿子和女儿先后读小学，他们却乐于读芳草地版。每天报纸一到，我们各有所好，也各得其所。

但慢慢地，我们全家人的兴趣，都偏重到文学与社会和五色土副刊。而且，我们一家 4 人，都在该报上发表过散文随笔。

准确地算起来，最早成为该报作者的是我儿子。他上小学六年级时，写了一篇作文《流泪只有一次》，反映他在小学毕业时深有体验的一件事，投给"芳草地"版，不久发表了。有位编辑给他写了封信，鼓励他写作，他为此振奋了好些日子。此后他又在该版上发过几篇文章。上六年级的头一学期，他因和同学打雪仗，打赌跳阳台摔断了腿。腿伤还没养好，正逢《北京晚报》和市教育局等单位举办小学生作文比赛，他拄着拐棍去参赛，以自己的打赌事件为内容，写出一篇统一命题为《向你介绍一个人——我》的文章，获得大赛二等奖，并因此被保送上重点中学。16 岁那年，他写了一首诗《16 岁花季》，《北京晚报》发表该作的那天是 9 月 11 日，正是他的 16 岁生日，这个生日他过得特别愉快。3 年后他上了大学，又以一篇名为《点头》的随笔，参加该报副刊部的随笔征文赛，文章发表后获奖，照片和几位获奖的名家一起登在该报上。参加颁奖会那天，哪位是文学版编辑他都不认识，他还发现，15 个获奖者中只有他是学生，年龄数他最小，他感到受宠若惊。毕业后，带着对文学的憧憬，他做了报纸的记者。

第二个是我妻。她曾是部队的文艺工作者，没进过大学的校门，可她很喜欢读文学作品。她的第一篇散文，就是在《北京晚报》上发表的。她调到出版社做音像工作时，有一次表示自己喜欢文学，希望做些文学编辑的业务。此想法被一位领导视为异想天开，并揶揄地说："有人说自己喜欢文学，光喜欢算什么，我还喜欢天文呢！"挖苦，未减她对文学的爱好，反而成了一种动力。有一天，她从《北京晚报》"家"版上，看到一则"奋发进取的中年"的征文启事，忽然萌生起参赛的念头。当天晚上，她把几年前同事们捐款支持她上夜大的事情，写成一篇题为《往事》的文章。第二天投寄时才发现，离截止日期只有 2 天了，她于是在信封上加写了"征文急稿"四字投进了信箱。怀着忐忑的心情，她等待了好几天，10 几天后无意中发现，她的文章发表了，而且排在该版的头条位置！这篇"处女作"，给了她很大的激励，她从此不停地写作，短篇小说、散文随笔和人物专访等，她都试着写。除《北京晚报》外，还在一些大报和全国性的文学期刊上发表作品。后来，她做了一家文艺刊物的编辑，出了散文作品集，成为中国散文学会会员。

女儿的第一篇文章，也是在《北京晚报》上发表的，她是我们家在该报发表文章最多的一个。她读初中时，有感于同学中为了争名次，而在学习上互相保密、不说真话的现象，写了一篇题为《还给我真诚》的文章，发表在《北京晚报》的"五色土"副刊上。这是她的"处女作"。第二年她上高一，又在"文学与社会"版上发了篇随笔《眼睛的话题》。上大学后，"五色土"副刊又一连给她发了《大一女生》等好几篇作品。一位编辑说她文笔不错，希望她继续写稿，她积极性大增，于是连夜赶稿，有两篇的发表时间只相隔 4 天，其中一篇有关奥运会的文章还得了

奖。《北京晚报》给了她许多鼓励，她从此更加勤奋写作，先后在其他报纸副刊和纯文学杂志上发表了十多篇散文。她现在在国外继续学业，发回来的"伊妹儿"，在家长里短的叙述中仍不忘文学，并叨念《北京晚报》给她的好处，她说她运气好，碰到了好编辑，使她对文学产生了兴趣并至今不减。

至于我，在《北京晚报》上发的散文并不多，但它促我开掘了一个写作题材——写居京生活。该报面向北京市读者，其特色在于北京味儿。我当时已居京二三十年，有不少生活感受，于是写了些居京琐记之类的小文，如《我那辆"永久"车》、《家住金台西路》等，寄给了该报"文学与社会"版，正好投了该版所好。文章得以发表，就激励了我写出一系列同类题材的散文，拓宽了我的写作路子。几年前，该报调整版面，取消了文学版，我也是小心眼儿，第二年就没订该报。但自费订阅了整整20年的《北京晚报》，我对它到底还是有感情，仍时不时到街上零买一份，或到资料室找它来翻翻。前年的一天，我忽然从该报看到一则"我身边的河"的征文启事，心中不禁一动。此前我从未参加过征文赛，但这题目我有点儿兴趣，于是写了篇题为《我们仅仅缺少一条河吗？》的随笔，署谐音笔名应征。文章投出去就不再关心。家里没报，也就不知信息。过了四五个月后，一位在京的老乡同学，在电话里无意中说起，他在《北京晚报》上看到一篇署名"容来"的文章，他猜好像是我写的，问是不是？我说是。他又说，好像还得了二等奖，他看到报上公布的名单了。后来我打电话问，方知是真的。主办方知道我的真名和地址后，还给我补发了奖证和奖金。

说来真是有趣，我们一家人，和《北京晚报》竟都如此有缘——曾经天天读它，曾经给它写过文章，曾经参加过它的征文，全家3/4的人获过它的奖；这缘，又都与文学有关，文学副刊成了我们热爱的版面，也成了我们亲密的朋友。文学之梦，我们一家人都做过。而文学的实践，除我之外，他们三个都是从《北京晚报》开始的。虽然,我们都还谈不上真正走上文学之路,更没有值得一说的成绩,但我们在文学之途上,毕竟亦步亦趋地迈出了尝试性的第一步,我们所做的,不再只是一个梦。

有人说文学之路很窄,能在上面自由驰骋者极少,这话没有错;但文学也不神秘,有志者也是可以从行进中得到快乐的。这里,报纸及其编辑,能够有效地促成有志者梦想成真。因此,我想说的是,报纸应该给文学一点地盘,它不是报纸的"盲肠",不是可有可无的东西,它会给许多读者带来对文学的信心,引领他们走到文学之路上来。文学的地盘多了,文学之途就会变得宽阔,走的人也就会多起来。越来越文明的社会,需要有更多的高雅,而文学,则是不可或缺。

日落日出时

那年元宵节前夕,我身患小疾,住进协和医院动手术。外科病房在七层,屋外是一条走廊,南北走向,又长又宽,西边一溜儿,全是玻璃窗,东边一溜儿,也有两方开阔处。临东眺望,可观旭日,亦可看城东风景;面西而立,王府井大街就在眼前不远处。

我入院那天,阳光明媚,已有春天信息。我的手术小而简单,大夫说两周后即可出院,我因而没有挨刀的恐惧,也无难愈的担忧。下午做完各种常规检查,我便是病房中最轻松自在之人了。我身着蓝竖条病号服,在大走廊上来回踯躅,放下了日常的案头编务,就如卸下了肩上的百斤重负。我曾经住过医院,但从未有过如此心情。

一

第二天下午，我又一次临窗西望，斜阳之下，忽见王府井大街上一座灰色大楼，熟悉而又生疏：仍是旧时楼房，却垂着两条看不清字样的标语。它曾是报社办公楼，我在其中工作过十几年。

我初进这座五层高的大楼时，是32年前8月底的一个下午，夏日西斜，却迎着高爽的秋意。我办完手续，便给一位挚友挂电话，他说："很好！你捧了个'金饭碗'！"当时的体制，大学毕业分配了工作，就叫有了"铁饭碗"，所谓"金饭碗"，自然是友人的庆贺之词。而我心里，却是有点儿发怵。我没有学过新闻ABC，不知报纸怎么编。公布分配方案时，系主任说我是抢人家饭碗去的，因为此报社此前只向新闻系要人，没要过我们中文系毕业生。我也相信这是个不错的岗位。但几天后，我被分配到工商部，任务是看来稿、编来信。我编的第一篇来信，领导看后的第一反应是："这字让人怎么看？！"我头上如同浇了一盆冷水，心里感到悲伤和丧气。也不怪人说，我也深知自己这手字，既对不起爹娘和老师，也对不起自己。心想：冲这手狗爬字，我就竞争不过别人。这"金饭碗"与我何干？！

二

北京很大，此时又仿佛很窄。我当了三十余年的北京市民，许多事情都在这一二平方公里的地域内发生。报社大楼、校尉营24间房胡同和煤渣胡同，我先后在其间生活了十余年，留下许多抹不掉的记忆。

我想起我的家庭的组建。我在大学期间，多年与肺病抗争，全副身心都在治病和疗养，黄黄的脸孔，瘦瘦的身躯，无高大魁梧的形象，又无足以招待女友看戏看电影的货币，没有找对象的起码的物质条件，爱情鸟自然也就远在天边。

在那大楼里当了夜班编辑（其实，很长时间都持着见习编辑的证件，按当时规定，需到行政 19 级方能当正式编辑，我转正后才 22 级，还差着好大一截），我在协和医院北面二十几米远的二十四间房胡同报社夜班宿舍二楼，分得一间六七平米的小屋。一张单人床，一张小两屉桌，再加一个两层小书架，就剩下一条仅能进出一人的小过道。一拉黑窗帘，白昼如同黑夜。如此"颠倒黑白"的生活，我在这里过了好几年。

一天，本社老编辑老王打电话到二十四间房找我，问我有没有女朋友，说要给我介绍一位。我问对方情况怎么样，他说是部队的，三军联合演出的报幕员，东北人。听说是东北人，我就吃不准那个头，虽然我也在人大会堂看过三军联合演出，但那报幕员的模样却记不清了。他说他也没见过她，他准备约她星期天到他家，要我也去，见见面，中意就谈，不中意就拉倒。我说行，不过我又说："您看她个儿不比我高，就给我挂电话。"他说他明白。

1969 年 7 月 20 日，星期天，天下着小雨。我们在金鱼胡同老王家见面。金鱼胡同在校尉营北头，步行七八分钟即到。我们相见，我穿一件领子打补丁的黄布列宁装，她着一套洗得发白的军装，都做朴素状。稍作交谈后，都同意相处一段时间。

没过几天，报社干部处一位女同志见到我，笑问："你在搞对象哪？""你怎么知道？""人家北京军区战友文工团来人调查你呢！""是吗？你怎么介绍我？""当然尽说你的好话。""你也调查她了吗？""那还用说，人家业务挺好，还是矿工家庭出身！"我当时没有入党，也很重视对方的出身。这就行了，她出身矿工，我出身贫农，"村干"子弟——我继母是生产队长。根红苗正，门当户对！

1970 年 8 月 1 日，我们在煤渣胡同结婚。日子是我们商定的，因为她是军人，建军节有纪念意义。我是编辑和贫农，都没有自己的节日，没有可以与之相争的。但有一个观念不可改变，那就是：女的嫁给男的，房子要我张罗。我向报社房管部门提出申请，最过硬的理由是我做夜班，其次是我年龄偏大，我当时已进入而立之年，可算晚婚。没有多费口舌，便给了我一间10平米的小屋（后来我量过，实际是9点36平米）。没有厨房，自己买个炉灶，放在过道上做饭菜。厕所三家合用。可以啦，能住就行。当时的要求实在不高。

结婚那天上午，天又下起小雨，如同我们头一次见面的那一天。她独自背了个军用挎包而来，没有人送，也没有人迎。为此事，在尔后的若干年里，特别是在前些年兴起的车接车送、鞭炮连天、披红戴花之风大盛之时，她不时半真半假、似玩笑非玩笑地长叹："当年真窝囊！"我自己，当年也还有一事堪叹，那就是我当时的银行存折里，只有人民币70元——一个地道的"贫下中编"！

5年之后，妻子在协和医院生下一个儿子。连同前来帮忙的岳母大人，我们一家三代4口人，在这9点36平米的地面及其空间，谱写了一曲曲哭哭笑笑、热热闹闹、虽苦犹甘、充满天伦之乐的交响曲。眼前之艰难，都随儿子的哭笑声，飘向了九霄云外！

从这里向北眺望，煤渣胡同那栋旧楼，此刻虽然已经掉了色，与它后面新建不久的王府饭店的豪华相比更显落魄，但那里曾有我的生活痕迹，想来仍让我怀念。

三

医院里的睡觉时间真长。晚9时就要熄灯，直到第二天早上护士来试体温。6时半起床，精神特别好，我又到走廊上溜达。此时，旭日东升，一片灿烂。我凭窗东望，忽然看见医院斜对面东单新开路口那座小楼——那是我调离人民日报社后曾经工作过的地方。它记录着我生活历程中的一小段偶然。

报社定于 1980 年东迁，地点在朝阳区金台西路，原机械学院内。我家先报社一年东迁。新房子条件好多了，两居室，25 平米。儿子独占一间，相当于我们往日全家住的小屋的面积。其时，小女儿已在她母亲肚子里，准备走向人世间。妻子已于几年前从部队转业，到了京城西北角一单位工作。她每天上班需倒三次车，来回三四个小时。她不堪每天挤车之苦，也不堪费时之长，尤其是冬天，上下班两头黑。多次联系调动，均不成功。我们为此事跑过许多同事朋友熟人生人家，不少朋友都尽力帮过忙，我至今仍感念至深。

但有时，求人的尴尬情状，实在不堪言说。有一次，晚 8 时 40 分到达一老同事家，他说已经躺下了，我们深感来得不是时候，打扰人家很过意不去。于是立于他卧室外，准备说两句就走。他在床上与我们对话："这事我一个人说了不算，等我们商量一下再说吧！"前一句真的是很在理，我们很理解，只是后一句却让我们感到愕然，因为十多天前我们来询问时，他很痛快地回答："成了，这事成了！你们等着吧！"怎么现在变卦了呢？我们怕打扰他，也不敢多问原因，就只好在门外一再说"请帮忙多说好话""请促成"一类的话。我们怅怅然回家，心中不胜懊丧。后来知道，是有人给顶了。看到有的人调老婆孩子，想调哪儿调哪儿，那么轻松，那么容易，我真是自惭自愧，甚至自责：你怎么就那么没本事？！

若干年后的一天，忽有朋友来访，说某某部门要创办一家出版社，需要一个搞文艺理论的编辑，问我想不想去（他实际是有意而来），我想了一下说，怕是不行，我有两个孩子，都在附近上小学和幼儿园。我爱人单位离家远，我在一头管孩子问题不大；如果我也到远处上班，孩子没人管不行。过了几天，他又来说，如果我去，我爱人也可同时调去。这条件，我们同意了。我于是打了请调报告。报社文艺部领导袁鹰同意了，并为我开了欢送会。事后爱人苦笑："这是西红柿搭黄瓜！我是论堆撮的烂黄瓜！"

两周之后，我爱人的调动手续也办妥了。她报到后，竟被安排与我同一个大办公室！（出版公司租的房间不多，都是两三个部门共用一屋！）我们曾在相隔几十里地的不同单位上班，如今竟在同一单位同一办公室办公！（约有一个多月）天地有时真的是很窄！

办公室是旧式平房，办公条件自然简陋，这对我们工农子弟，都是无所谓的事儿。我们每天骑自行车上班，她减少了一半路程，自然轻松多了；而我却由步行5分钟到骑车1小时，一时间也是不习惯。但想起她多年来一直这么跑，我也就不觉怎样了。况我当时才40岁出头，腿脚也还有劲儿。

问题出在几天后。那天，我们的一位负责人，在我们几个人的小范围里说：我要告诉大家，我们现在处于风雨飘摇之中，新闻出版署已下了文件，不同意成立联合出版公司，并要求做好善后工作。我如闻炸雷，惊吓得不知所措。过去所说饭碗问题，不过是自己的多虑，如今既有文件，就真的要成为现实问题了。辞掉了好好的岗位，扔掉了好好的饭碗，落得现在这样的处境，心中真的不知是什么滋味。妻的心情更是复杂，她明知"西红柿"是搭"黄瓜"而去的，现在为她调个岗位，却使我丢掉一份好好的工作，换来个不安定的未来！她自怨自艾：早知如此，我还调个什么劲?! 那天晚上，我们都没有多少话，只觉得仿佛是上了当。后来，好在阴转多云，问题有了转机，原来计划成立联合出版公司，退而改为成立文联出版公司。终于，我们为此而开始运作。我的心也终于安定下来。

文联出版公司几经辗转，搬到了东单新开路口我此刻面对着的那座小楼上班。我告别了若干年的这块地面，竟又阴差阳错地回来了。在中国文联出版公司，我干的是我不熟悉也不习惯做的工作——图书和杂志的编辑。尽管5年后我又回到报社，重操旧业，我心中还是感激老出版家李庚同志，感谢他对我的信任，也感谢他让我实践并逐渐掌握了一门新的业务。

　　一早起来，把文章写到这里，已见东方升起旭日。我忽然想，不妨借用引发上述文思的两次时间作为本文的结尾：日落日出时。

三上天安门城楼

　　我从来没有想到，神圣的天安门城楼，我竟能三次"登临"。

　　第一次是在 1999 年。那年夏天某日，我堂兄堂嫂从美国加州来京观光。我尽地主之谊，陪他们登临天安门城楼。那天，在城楼中间的栏杆前，我们留下了好几个镜头——这位置真是一个至为神圣之处，在这里，伟人做过多次庄严的宣告。这里面对的，是广场上的几十万之众，是举国上下的几亿同胞，是全世界的几十亿人民！这里发出的声音，嘹亮而有力，没有哪个国家敢于忽视，没有哪种政治力量会听而不闻。

　　如今，在我身边擦肩而过的游人中，时有不同肤色的外宾，有说不同方言的国人，其中台港澳同胞尤多。他们不远千里万里而来，或是为了了解祖国，或是要体会做国家主人的感觉。他们比往日的许多人幸运，不论地位高低，都有缘登临这城楼。

　　我很替他们感到荣幸。记得我刚进大学时，曾把这位亲戚的名字，如实地填在履历表上的"社会关系"栏里，有同学见后惊讶地问："你有海外关系？"在"阶级斗争天天讲"的年代，一个"海外关系"，会把你和党组织的关系突然疏远起来。我对堂兄堂嫂话说当年，堂兄连连问道："你受影响了吗？""没有，没有。你不是'堂'的嘛！"

　　2001 年国庆放长假，3 号那天我们一家逛天安门。妻子、女儿都没上过城楼，我于是陪同她们，做了又一次的"登临"。15元一张票，比我们想象的要便宜。但美国发生的"911"恐怖事件，也给我们添了麻烦——需经三道岗检查，方能上楼。

城楼上游人不少，我们好不容易等到个好位置。俯视天安门广场，只见广场上游人如织，长安街车水马龙。热烈的节日气氛，一派太平安定的景象。我想起那句话：与人斗，其乐无穷。这话有它特定的历史内涵，但在今天，真正其乐无穷的事，乃是进行经济建设。

想想这一年，有若干大事，都令国人振奋。我国自行研制的"神舟"2号无人飞船发射成功，北京获得2008年奥运会主办权，世贸组织通过了中国加入世贸组织决定……凭栏眺望，豪情满怀。眼前那世界最大的广场，今天已与我国的地位相匹配。我们不再有奴颜，扬眉看世界，举世皆朋友。

最让人怀想的，莫过于7月13日晚上的天安门广场。北京申奥成功的消息传来，广场上锣鼓喧天，万众欢腾。从四面八方赶来的学生和群众，手举国旗和五环旗，许多人还把国旗贴在脸上，高喊着"祖国万岁"等口号。我在电视前，看转播到深夜。百年的等待，不懈的争取，国家崛起，中华如愿。我从电视的影像中，看到的是一种理智的热烈，不再有当年的那种失态的情绪。

不久前的5月15日，非年非节，只是我岁及70之年，一个有趣的冲动，让我起了第三次上城楼的念头。我要骑自行车到天安门，上城楼去寻找一个正确的答案——城楼究竟有几级台阶？我正写一篇文章，想把它写进去，以增加一点儿形象性，也探寻其中的象征意义。但好几个说法让我无所适从。有说它500级，有说它300级，有说它6层111级，有说它原是100级的古砖道。我两次"登临"，都没有数过，除了古砖道一说，其他说法都很让我怀疑。

那天上午，表针指向9点，我真的骑车来到天安门。此时购票不需排队，凭老年优待证，一票只需 5 元。安检之后，我先问一位警卫："请问城楼有几级台阶？""4 层 67 级。"他不假思索，脱口而答。我深信他的答案，但登楼时我还是逐级而数，到达顶端那平台时，果然是 67 级！手表记录，只用了 4 分钟！

据载，开国大典时，这里曾安装了一架摇摇晃晃的土电梯，但新中国的领导人都没有乘坐，而是用自己的脚板，一步一步地走完当时还是 100 级的古砖道，登上了天安门城楼，他们领略了每一级台阶的非凡意义。为了登上这 100 级台阶，中国共产党经历了 28 年的浴血奋斗，中华民族进行了长达一个多世纪的英勇斗争。而时至今日，新中国已建设了 60 年，中国共产党已奋斗了 88 年，多少风雨，多少坎坷，多少苦难，多少艰辛！那平台不是终点，而是又一个征程的起点。

当我沿着铺有红地毯的走廊，第三次路经贵宾接待室门前时，60 年前开国大典的一幕就重现在眼前。开国元勋们从容而立，毛泽东、朱德、周恩来、刘少奇、宋庆龄、李济深、张澜等喜在眉梢。这幅油画作品是革命胜利的记录，是民族大团结的象征，也是时代进步的剪影。深深地印在人民心中的，是刚翻开的历史的新的一页。

曾经立于城楼上的各方领袖，于今大都成了历史人物，他们给国人留下的，是一种深深的纪念。国人的心愿凝结成两句话，那便是城楼上的两条标语：中华人民共和国万岁！世界人民大团结万岁！去年抗震救灾的胜利，奥运会的成功举办，不就是这心愿的实现吗？

下得城楼，又到金水桥。回望天安门城楼，城头彩旗猎猎；城墙正中那伟人画像，其目光时刻关注着今天。我又仿佛听到，伟大诗人那脍炙人口的诗句："数风流人物，还看今朝！"

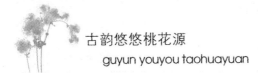
新开路胡同那座小楼

东单协和医院斜对面，有条新开路胡同，路口有座二层小楼，我在那里工作过将近 3 年时间。那是中国文联出版社的第三个旧址，1985 年至 1988 年曾在此创业并经营，那时的门牌号码是新开路 77 号。

1983 年，时任中国文联书记处书记的李庚同志，想借改革开放的潮流，把中国文联所属的各家出版社统起来，成立一个大型出版社，名为中国文艺联合出版公司。在中国文联领导班子内初步取得共识之后，公司便开始做前期准备，并于次年 4 月正式开始业务运作，地点在西单太仆寺的一所平房——也就是它第一个旧址。我于 4 月 3 日带着个人档案，从人民日报社来到这里报到。房子是租的，共有五六间屋，虽然是旧房，但创业之始，我等都心气颇高，无人在乎房子。

问题出在几周之后。某天，我们的一位负责人告诉我们说：我们现在处于风雨飘摇之中，新闻出版署已下了文件，不同意成立联合出版公司，并要求做好善后工作。我如闻炸雷，惊吓得不知所措。辞掉了好好的岗位，扔掉了好好的饭碗，落得现在这样的处境，心中真的不知是什么滋味。后来，好在阴转多云，经李庚的多方努力，事情有了转机，原来计划成立联合出版公司，退而改为成立中国文联出版公司。于是，我们为此而开始忙碌，分头组织各类书稿。

一年多之后，出于种种原因，我们迁到建国门泡子河的一家工厂内。这时，我们的业务开始步入正轨，图书也出了一些。不知因为什么原因，又一个一年多之后，1985 年我们又搬家了，社址就是新开路胡同 77 号。

这是一座很旧的楼房，几乎可说是危楼，共有二层，人上楼梯，楼板叽叽嘎嘎响。我当时写小文章，署名曾用"魏楼殇"，就是取"危楼上"的谐音。调侃归调侃，不当家也是知道柴米贵，租一栋房子谈何容易！二老板李湜同志等，为此也是费了大力气的。有这小楼就不错了！

还有一点要提及，我们没有自己的食堂，中午都是自带饭菜。后来有取巧者发现，对面协和医院的职工食堂，管理不很严格，买饭票不要证件，于是大摇大摆，加入"职工队伍"买饭票，"蹭"完午饭很高兴。我有时没带饭，也曾效法前往，但毕竟有占小便宜之嫌，心里有点儿发虚，生怕被人呵斥"混进来的"。

在艰难中，我们的事业还是前进着的，整个出版社呈平稳发展之势。这年，在李庚同志的决策下，我们又筹备并使《文艺学习》得以成功复刊。《文艺学习》是 20 世纪 50 年代初期的刊物，曾发行 30 多万份，在青年文学爱好者中有过很好的影响。韦君宜是主编，李庚是编委之一。李庚的想法，是想把它办成一本知识性的刊物，向青年传播各种文艺知识，提高他们的文化素质。

李庚同志为此不遗余力，又是跑刊号，又是主持座谈会，广泛征求意见。有些具体事，例如联系作家、艺术家，组织文章等，就交给我做。1986 年 1 月 27 日，我们以"我与《文艺学习》"为题，召开了第一个座谈会，原《文艺学习》的主编和部分编委、编辑，曾经为它撰稿的作家、艺术家等，共五十余人应邀出席。他们对《文艺学习》的复刊，反馈都是很正面，都给予热情的支持。

会后，我们组织第一期的文章。这一期的作者阵容颇为强大，封面题字吴作人，文章作者有夏衍、冰心、吴冠中、从维熙、李庚、韦君宜、池北偶（即时任人民日报总编辑的潭文瑞）、华君武、蒋孔阳、蓝翎、陈祖芬、刘心武、刘绍棠、江晓天、李希凡、柳萌、雷达、舒展、周明等。

虽然，我们的办公地是座破旧的小楼，我们要办的也将是一本小刊物，但在我开始约稿之初，作家、艺术家的积极态度，却很让我振奋和鼓舞。我们选择的作者，大都是著名人物，我们只凭一个电话，或一封短信，而接到的回复都是满怀热情。我明显感到，他们为的是支持中国文联的事业，是冲中国文联的牌子而来的。

3月初，我写信给冰心老人，请她为本刊的开篇专栏"我喜欢的话"写几句话。几天之后，时年86岁高龄的她，给我寄来一封回函，信封上写着"东单新开路胡同77号"和我的名字，一页信纸上写着——

"我喜欢的话：淡泊以明志 宁静以致远；知足知不足 有为有弗为；海阔天空气象，风光月霁襟怀。冰心 三，十"

几句话高度凝练，既说明了她的个性，也反映了她的品格和境界。这正是我们需要的，我们如获至宝！

华君武和池北偶，是多年的诗画搭档，在全国很有影响。我先约池北偶作了一首讽刺诗，题为《文坛公害》，又去请华君武作画。我用电话约稿，他很爽快答应，几天之后，我们小楼收发室，也收到他寄给我的一幅画。漫画的画面，是两个人互跷大拇指，互闻脚丫子，横题是——"闻臭脚举世无双"。到底是老搭档，诗画配合得相当贴切！华君武还给我写了一封短信，嘱咐我把池北偶诗放在前面，他的画放在后面。几句简单的交代，也显示出一种风格。

组稿工作进行得很顺利，小楼里也忙碌地编辑着创牌子的第一期。为这第一期，著名漫画家丁聪，更为我们出了大力气。他应邀出席了我们的座谈会，并为发言的各位名家，每人画了张人头像，栩栩如生，神形酷似，为本刊增色不少。

在贯彻李庚的办刊思想方面，我们也是不遗余力的，所设栏目，所约作者，所刊文章，自认基本合辙。第一期发行前，我们也做了市场操作，请电视台、各报刊记者助阵，上电视、发消息，也是颇为热闹。虽然发行量不如所想，我们还是踌躇满志，指望它有个好前景。

一年后，出版公司搬到农展馆南里的中国文联大楼里，随后我也调回人民日报社。后来刊物的面貌几经改变，如今变得怎么样，我已不甚了了。但让我常常回想的，是在小楼的那些日子。尤其想到李庚同志的执着精神，他年在古稀，依然要做成一项事业，坚持把出版社办成，让刊物复刊。他最初的构想如何评价另当别论，而在实际操作中，他的助手如我等的思维缺乏前瞻性也需总结和检讨。时代毕竟不同了，许多媒体举办文艺知识培训班，单纯传播知识的刊物遍地皆是，不再像50年代那样独此一家。一如许多恢复旧牌的刊物，也都风光不再，艰难都是可想而知。

日前，我因事路经新开路胡同，只见那小楼已完全变样。它的西邻成了名叫"李先生"的餐馆，专卖加州牛肉面，我问服务员生意如何？答曰"还不错！"我很感慨：如今物质胜于精神啊！物质食粮的生意比精神食粮的生意好做。我们当年的"老板"也姓李，但此"李先生"彼"李先生"，走的不是一股道啊！

大雪霏霏

这些日子的地球气象，仿佛给刚刚结束的哥本哈根会议，无意中开了一个大玩笑。会议为了让地球气温的暖化趋势，从平均增加3摄氏度减到2摄氏度，及承担责任之多寡，而争吵得面红耳赤。没有想到，近日的北半球（包括亚洲和欧洲），都普降大到暴雪，暖冬天气竟悄然藏匿，没有露出脸来。尤其是 2010 年元旦后北京的暴雪，竟是 60 年来之最大，零下 16 摄氏度的气温，也是 60 年来之最低。连续 7 天发出道路结冰黄色警告，更是史无前例！这罕见的气象，倒是证明了中国的一句极具哲理的民谚：天有不测风云！

真是有幸，我年过七十，竟见证了如前所说的三个气象之最。其实，还有一个"之最"被人们所忽略。有气象报告说，1月 1 日的小雪，和 2 日至 4 日的大雪，下的是两场雪，而不是同一场雪。如此短期内下两场雪，也是"之最"现象！这几天的气象预报很奇特。2 日：小雪转中雪，3 日：中雪转大雪，4 日：大雪转暴雪转小雪转中雪。这几天的早晨，我天天都到金台园做操，心中记下所见点滴景象。

3 日早晨 6 点 50 分，金台园雪盖满地，有二三厘米厚。只见我们做操的地方，76 岁的摄影家王东，正独自低头铲雪，先是铲往那棵柏树根下，而后又铲向水池边，他要把我们做操的地方的积雪清理干净，便于雪后我们大家做操。朦胧的天色中，纷纷扬扬的雪花，不停地飘洒着，铿铿锵锵的铁锹声，在寂静的金台园回响着……老王是我很熟悉的朋友，我们几乎天天在一起做操。他因为年老耳背，总是站在我们队尾、91 岁方成老人的身后，自己闷头做操。我们说什么他都听不见，他也几乎一句话不说，不参与我们的"话聊"。但此刻的金台园里，却唯独他一人，用手中的铁锹，弹出悦耳的声音，如同一首独奏乐曲。

4 日早晨，我到得金台园时，已是 7 点 10 分，我比平日来迟了些。此时，只见韩教头等 3 人，已经做完了操。霏霏然的大雪，正在他们头上飞舞。他们都是年过七旬的老者，他们一如往日，早起晨练，都视大雪为等闲物，并与它做着潇洒的抗争，证明生命力的强大，礼赞意志力的无畏。74 岁的老韩是我们的教头，我见证了他的敬业和毅力。他要带领大家做操，每天都是第一个先到。连此后刮 5 级大风和零下 16 摄氏度那两天，我都亲眼看到他独自开练的背影。这天晚上八九点，他还顶着大雪，坚持在大院里走了5大圈！

今天是周一，是节后的第一个上班日。大院路上遇见一个小孩，背着沉重的书包，他要上学去！他昨晚肯定没看电视，不知道中小学生今天放假的通知。"别去学校了！今天全北京中小学都放假！"我们的话他半信半疑，我们重复之后，他才掉头回家去。他是谁家的孩子呀？他的执着证明他是不错的小孩！我想起那首脍炙人口的儿歌："小吗小儿郎，背着那书包上学堂，不怕太阳晒，不怕风雨狂……"他的毅力不比大人小啊！

我回家取来相机，留下几个难得的镜头。一个快递员，骑着满载一二十件快件的电瓶车，朝我迎面而来，驶向人民网投递快件。看得出，他一大早就出来了，开始他一天的工作。他冒着漫天大雪，满载着来自各方的邮件，其中想必有节日的礼物，也许还带着寄物者的手温。载着一车的沉重！踩着一路的厚雪！但他一定会记得，他人生中的这一天，是他活得最有印象的一天，也许还是最有意义最有价值的一天！他很艰苦，但会感到骄傲。我对家在远处而今天仍骑车来上班的同仁，亦怀同样的敬意。这是60年不遇的大雪天呀！

早晨太冷，相机被冻住，镜头出不来。下午3时许，我带着相机，再次来到大院。新食堂门口，有保洁部的人还在铲雪，"铲了几次了？"我问。"6次了！"小李说。傍晚时，我走向西大门，那里的铲雪者说，他们一天都没有停。我看到，路旁的雪，已被他们筑成雪墙，凡有开阔处，都有一堆堆一米多高的雪堆，如同一座座小雪山。光是金台园的小广场，就有十三四堆！它们是环保人员、行政人员和武警战士的作品。

最悠闲的要数那些灰喜鹊，它们在路旁的柿子树上欢叫着，并啄开柿子上的积雪，惬意地畅饮其中的美味。人因大雪而大忙，鸟却因大雪而雀跃。上述这些，都被我留在了相机里，它是我对这次罕见气象的见证，也许能成为有用的气象资料。

我们还会见到这样的大雪吗？谁又敢说不会呢？我们不是准备过低碳生活了吗？虽然，我们见不到周武王伐纣时"雨雪十余日，深丈余"的景象，不是还有新疆塔城元旦后 7 天下雪 6 天、积雪 55 厘米的奇观吗？人类有信心，我们不放弃。大雪霏霏，可期可待。

领工资事略

月初拿工资条，忽然想起第一次领工资的情景。

45 年前我大学毕业，分配来到报社。报到那天是 8 月 23 日，处暑。第二天，报社财务给了我一个小信封，里面装着 23 元，我半个月的工资。我心情十分愉快，这是我第一次领工资！也是我家几辈领工资的第一人！（我继母当过生产队长，是没有任何级别可套、没有一分钱工资可领的"村干部"）我这工资又那么优待，到月底只有 6 天，竟给了我 15 天的报酬！我有受宠若惊之感。后来知道这是财务规定，据说山东大学来的几位，于 14 日报到，还拿了整月工资呢！

领了这工资，意味着一种转变——从贫困学生到工薪干部，从享受助学金到以劳动创造价值，实现按劳取酬分配原则的精神。这一转变用时髦话亦称"转身"，捧上"铁饭碗"从此无忧生计，曾让有的朋友心生羡慕；但被称为"三门干部"，却又成了最需改造之一类。

从此，每个月初，部门干事按时送来一个小信封。也从此，当有事急需用钱之时，当月底超支寅吃卯粮之时，就常常渴望那小信封。唐山大地震那年，我急需用钱买一张硬座火车票，让我爱人把 1 岁多的儿子送到东北岳父母家，那信封真的等得如饥似渴!

小信封装着一脚踢不倒的钱，我们紧紧巴巴地过了许多年月。随着改革开放的日益深入，我们的收入日益增加。20 世纪90 年代中，工资被转到银行，我们也告别了小信封。我们许多同事，每月初去财务处帮忙点钱装信封的义务劳动，也从此免掉了。

十几二十年前，由一个个小信封累积起来的货币，虽然并不丰厚，但物价不高，房子不贵，一般人也还能买得起，报社新盖的几栋房子，也都全部分售完毕。当我们住进大小不一的新房子时，人们的心态也还是大体平衡的。富人还不是很多，当官者的房子也没阔多少。

我们的分配原则，在相当长的时间里，虽然有平均主义倾向，劳动报酬与劳动贡献脱节，但人们有时也有所怀念，信封里的钱厚一点儿薄一点儿，房子大一点儿小一点儿，似乎都没有太多的计较。其中有些现象堪为谈资，人们至今还津津乐道。

我们的工资，曾分三十多级，我们见习编辑，属第二十四五级。部级三四百元，我们43 元，差别不算太大。每月拿到工资，心里并无不平情绪。人家打天下，在枪林弹雨中过来，经历白色恐怖，从危难岁月走来。我等"三门干部"，没经过风雨，未历过险阻，何德何能，何敢比待遇。偶听他们讲述自己的革命故事，也是心怀崇敬之情。70 年代初，我等买不起电视。邻居高干李家有电视，国庆、春节敞开家门，欢迎邻居观看。他曾经战太行、赴朝鲜，一生令人敬重的革命经历，一桩与人为善的平凡之举，都赢得良好口碑。

有的虽未扛过枪，却是"小米干部"，其经历也让我等充满好奇。我的同事老孟，今年88 岁，身体很棒，每天常和我们一起做操。他于解放前参加工作，享受薪金制，月薪590 斤小米。他当时向往读书，考进华北中国革命学校，待遇由薪金制变为供给制，月供130 斤小米。待遇低了，但他不后悔。后来证明，他

的选择实属有远见，很难得也很正确。他符合"解放前参加革命工作，并脱产享受供给制待遇"的规定，被评定为离休干部。他当年的"转身"，真是堪称漂亮——130斤小米，换来晚年的荣耀和幸福！

新中国成立以来，先后进行了三次工资改革，平均主义逐渐得以克服，绝大多数人都从中得益。但人们仍然怀抱着各种希望和憧憬，走进一个又一个年头。人们总是希望，工资多一点儿，生活好一点儿，房子大一点儿。实事求是地说，多数人的愿望的确在实现中。我等退休人员，也在养老乐园中颐养天年。

回首历史，颇有感慨。古代俸禄发银子用小袋装，解放前夕工资发小米用布袋装（我的小学老师工资用稻谷算，学期末自己挑回家），解放后工资发纸币用纸袋装，改革开放后渐次过渡到用银行存折，近几年又开始改用银行卡，只发一张印有工资数目的字条……发工资的形式，烙印着时代的脚步。

年纪大了，工资由老伴管。我现在的任务，就是于每月5日把"工资条"领回家——哦，早有人提醒我，我们领的已不是工资，而是养老金！也是惯性思维，领了几十年工资，总是难以改口。还有一个习惯难改，就是用钱无论多少，都爱用现金。不怕见笑，我现在还没有也不会持卡、刷卡，出门（包括出远门）还是习惯带现金。本来，把工资存到银行、刷到卡里，是社会进步的一种表现。用钱不带现金只持信用卡，方便又安全。但我还是我行我素，未能及时接受此种进步。

倒是82岁的离休干部老李的做法超前，他把银行当作自己的钱库，听凭单位财务把工资打到银行里，他看都不去看，顶多在月初给银行挂个电话，知道钱到账了就行了。一切交给银行，放心睡大觉。老李的做法，值得仿效。未来，没准儿还会更加省事，一切用卡结算，还有网上购物，花钱基本不摸钱。时代带来新时尚，老脑筋也得随潮流。若此，我们的养老金，还需要领出来吗？

长城情结

我的人生旅途中，经历的事情已不算少，但记性不好，时过境迁，也就忘却了，尤其是具体时间，少有能记得住的。

唯独 4 月 27 日是例外，我记得特别牢。那是 1966 年的这一天，我单位组织青年人春游，地点是八达岭长城。刚来北京，有一种"来日方长"的心理，许多景点就都没去逛，但一听说去长城，二话没说就上了车。当时只冲着毛主席老人家那一豪迈诗句："不到长城非好汉！"

那天天色特别好，春日融融，无风无沙，空气清新宜人。我穿着一件毛背心，外加一件浅黄色的列宁装外衣。登上制高点时，放眼眺望，顿觉心驰神往，胸次舒畅，心中默念着一句话：我终于登上长城了！

忽然"咔嚓"一声，摄影记者小卢，给我留下了一个镜头。几天后印出相片，竟让我感到出乎意料的满意。从来不上照的我，远处竟有蜿蜒雄伟的长城和逶迤起伏的青山，一扫眉宇间惯有的暮气和相机前的不自然神态。我在照片后面写下了一行小字：1966 年 4 月 27 日摄于八达岭长城。

没有想到，这张照片竟促成了我的婚姻。5 年后，凭着长城上的这张脸，我找到了对象，并建立了家庭。此后照的相片渐渐多了，已装满了四五本相册，但无事翻阅时，总觉哪一张都不如它。是年轻的因素？有一点，但不全是。我牢记的却是长城。因为有了长城，我仿佛增加了一点儿神采。妻儿开玩笑说："你到了长城，赖汉成了'好汉'了。"我认同他们的说法："没错，我真是叨了长城的光！"

说来遗憾，自从那次去长城，此后 30 年中竟没有再去"登临"。只有前年去敦煌路经嘉峪关，领略了另一段长城的风貌时，才又引起我对八达岭长城的留恋和联想。我一直想再去一次，再当一回"好汉"，但总是难有机会，未能酬愿。

事情也真巧。那天晚饭时，20 岁的儿子说，他们的报社让他明天去长城，要做一篇活，写点关于长城的事。我忽然想起，今天是 4 月 26 日，明天正好是 30 年前我登长城的日子。

"太巧了！又是 4 月 27 日，正好 30 年。我还没有来得及再去，你去，也好！"我很兴奋。

"我是不是也在那里照张相？"儿子逗趣说。

"你最好找到我爸照相的那个地方，取同一个角度！"小女儿也凑热闹。

"那当然好！"我欣然赞成。

在长城下住了一个晚上，完成了采访之后，第三天下午，儿子风尘仆仆地回来，第一句话就说："我们去的不是八达岭，而是金山岭，最东头那段，是断壁残垣的古长城，险得很！""照相了吗？"小女儿急切地问。"照是照了，不过是另一番风景。"儿子说。"也一样，反正都是长城。"我说。

晚上，儿子做完了那篇活，题为《探险古长城》。

读着儿子这篇文字，我心中忽然想：这莫非是我家的长城情结?!

那天零下 14 摄氏度

年前，12 月 21 日冬至那天，北京气温突然降到零下 13 摄氏度。报上说，那是近 5 年来最冷的一天。时隔一个月，1 月 22

日，北京气温又一次骤降，到零下 14 摄氏度，比冬至还冷。

这样的低温，在北京并不是绝无仅有，但真的是不多见。其寒冷程度，让人难以承受。本来天天参加的晨练，冬至那天我竟缺席了，因为风大温低，冷透衣衫，我畏缩了。但 1 月 22 日零下 14 摄氏度那天早晨，我却出门到大院里溜达。

昨夜来自贝加尔湖的西北风，虽然七八级的风头已过，但此刻仍有五六级。冷风呼呼啦啦，其凛冽之势，依然让我感到刺骨之寒。我情不自禁地把羽绒服的帽子戴上，系紧了帽带子，把脑袋包得严严实实。我其实没打算晨练，只是想看看大院里的风景。

天还只是麻麻亮，我来到金台园，只见小操场上，晨练者虽然少了许多，但全场仍有六七人。到得跟前，让我大感意外的是，我们老人操队伍，今天还是到了 3 位。最让我惊讶的是，其中竟有 91 岁的老漫画家方成！另外两位是 81 岁的老编辑老李和 74 岁的"教头"老韩。

他们依旧做着规定的动作，寒风中没有"偷工减料"，也没有忘记闲聊开玩笑。"今天'鸟会'也不开了。"不知是谁，指着花园东南那几棵杨槐树说。大家抬头望去，树上果然还没有鸟！那树枝上头，平时早上 7 点 10 分左右，我们的操做到一半，便有许多小鸟如期而至。是幽默方成，给它命名为"开鸟会"。而今天，"鸟会"竟然没有准时开，莫非也是怕冷所致？"它们今天没事了，'怎样过春节'的议题昨天讨论过了。"大家哈哈一乐。

我们面对面做着操。看着面前的方成老人，我心中不禁涌起钦佩之情。我退休之后参加这个晨练队伍，近 10 年来都与老人为伍。方成除了出差，几乎天天都来，"闻鸡起舞"，是他的生活写照。他不仅早上来，晚上也常来。他似乎不在意这种说法：早晚空气不好，不宜锻炼。他是我行我素，无论酷暑寒冬，金台园里总有他的身影。他似乎更相信经验，晨练无碍他高寿！欠佳的空气，有助于锻炼抵抗力。我心目中的方成，勇敢，执着，顽

强，健康。他的健康让我辈羡慕，他的执着值得我等效法！

此时，在1号楼门前，又有另一拨老人。此前也是几年如一日，在这里天天坚持晨练，没有成套的功或操，只做简单的弯腰压腿之类的动作，敞开胸怀海阔天空的"话疗"。我隔三岔五，也参与其中。"今天也会有人坚持吗？"我不由自主地走到那里，只见83岁的老编辑老林等五六位年过古稀的老人已经练开了，从他们脸上看不到寒冷之象。他们中最年长者是85岁的老编辑老向，人称"村长"，他总是先在院里练平衡和倒走，然后到这"老人村"里，履行"村领导"义务。而老李则是赶两场操，先到金台园后到这里。今天是腊月二十七，是他的81岁生日。老向的生日是年三十。大家拱手相贺两位老人的生日，为这天的晨练添了一点儿喜庆气氛。

两位老人向来注重锻炼。当了多年理论部主任的老李，也不大在意健康报刊的理论的提醒，他最看重的是实践对自己的好处。他最爱游泳，每周游两三次，风雨无阻。去年他因胃大出血住院（平生第一次住医院），经检查无大事，出院后3天，他又去游泳了。他不喜吃蔬菜，却爱吃肥肉，尤其推崇鸡油做的脂油饼。他不爱喝水，却能睡觉，曾有一次睡24小时的纪录。老向年轻时最喜欢练单双杠，练得浑身都是疙疙瘩瘩的肌肉。他特能喝水，每天能喝两三暖水瓶的水。他在吃饭方面不求精，总爱自己骑车去菜场，专买便宜瓜菜。而离休干部中年龄最小（77岁）的"小李"，则是从通县坐公交车到大北窑，再倒车来报社打台球。天天如此，路遥而志不摇，毅力也是堪敬。

今天还是循惯例，聚会半个多小时，老人们的谈兴未尽，东方的朝阳却已升起。旭日的暖气，未能驱散零下14摄氏度的罕见寒意，但积聚在老人心中的生命力量，却冲击了大自然的压力。那生命的力量，既是严冬下的一种蓬勃，也是大院风景的一种点缀。老人们谱写的，是一曲生命之歌，它是那样昂扬，那样富有朝气。

第一朵迎春花

进入 3 月，在一号楼门前晨练的几位老人，天天都在关注身边那几棵迎春花，想看它何时花开第一朵。希冀和期盼的心理，总把大家带回去年的这个时候。

去年的 3 月 3 日早晨，老人们忽然发现身后那棵迎春花枝头，开出了第一朵小花：它个小如豆，色黄似金，花瓣略张，如露微笑。而与它同一枝头以及邻近的几棵同类，都还只是一串串的花骨朵，正在蓄势待发，含苞待放。唯独它率先展现笑脸，给人间送来春的信息。

前年冬天是暖冬，紧随其后的春天，比以往时候都来得更早一些。1 月到 3 月，我们就顾不得"春捂秋冻"的警告，脱下臃肿的羽绒服，换上轻便一点儿的春装。看到迎春花开，身心都感到一阵轻松。几天之后，全大院的迎春花，都竞相开放，马路边大树下，一片片金黄，显出春色关不住之势。

今年怎么了？3 月上旬已过，那迎春花竟还没动静，枝条是变绿了，花骨朵却还紧包着，哪一天才能绽放呢？我们都静候着。去年冬天不是暖冬，而是 60 年不见的冷冬。元旦后北京的暴雪，是 60 年来之最大，零下 16 摄氏度的气温，也是 60 年来之最低。连续 7 天发出道路结冰黄色警告，更是史无前例！冷冬之后是春寒，元宵之夜雪打灯，3 月 8 日小雪飘，14 日又降中雨雪，北京供暖时间破例延长一周。我们的静候，也是理所当然。记忆中，几年前它都在 3 月 7、8 号之后开放。

迎春花是很有个性的花种，它的模样和品质都备受推崇。它是落叶灌木，在百花之中开花最早，它花开之日，便是春天到来

之时。它正是因此得名。它的花色秀美，形象端庄，很耐观赏。它易生易长，插枝条便能生根。它不怕寒冷，不择土质，适种地域广泛。它的花和叶均可入药，叶可消肿解毒，花能解热利尿，算得上是名贵花种。

我推崇迎春花，还别有一层意思在。它年复一年，春生夏长，花开花落，完全因应气候和季节，这现象重复了千万次，却是始终没有改变。它没有动物那样的知觉，却有十分敏感的植物神经。它能神奇地感知寒暑和冷暖，所谓"春到人间草木知"，它是其中的先知先觉者。它行为有信，恪守约定。花的早开迟开，步调总一致，要早开都早开，要晚开都晚开。第一朵带头，如同登高一呼，紧随其后，便是花开烂漫。

果然，3月15日这一天，我们终于盼到了它今年的第一色金黄。历经了一次又一次的雨雪春寒，今天虽然寒意未消，但感觉得出来，它已经耐不住了。迎接春天的到来，是它的责任所在！今天这第一朵花，意味深长地展示了它引领者的身份。我们看到，其后的两三天，它已不是风骚独领，同枝同棵以及它周边那几棵的花骨朵，都争相绽放，蓬蓬勃勃，满树金黄，一时间，开得春意满院，热闹非常。

我们常说的一句话，叫改造自然。人类的伟大，在于它不畏惧自然，不屈服自然，而在长期的实践中，努力改造着自然，使它为人类服务。但自然也有伟大处，风雨有不测，花开却有序。由迎春花而及其他，春日桃花艳，夏日槐花白，秋日桂花香，冬日紫荆红，春节更有木棉似火焰。彼落此起，有消有长，共同向自然，也向人间奉献着美丽，奉献着芳香。四季花卉，次第而开，有章有序，不超前也不滞后。它们兑现约定，甚至差不到两三个夜晚。迎春花如此，梨花桃花海棠花莫不如此。"忽如一夜春风来，千树万树梨花开"，都是信守约定的例证。植物花卉的这一品质，历来为人类所学习和效法。人类的某些知识和品格，正是在与自然的接触中学得。植物的有序，是人类有序生产活动的根据。

一号楼门前晨练的七八位常客，都是七十多八十几岁的老头儿。他们有如春的朝气，82 岁的老李，每周游泳两次，每次 1000 米。88 岁的老孟，常持免费乘车卡，遍游京城各景点。在这 60 年不遇的冷冬日子里，大家几乎天天如期来到这里，大雪霏霏都不在乎，连零下 16 摄氏度那几天，以及年三十和大年初一，也都没有缺席过。他们也如迎春花，不爽信于朋——每天到这里晨练，压压腿，弯弯腰，边锻炼边"话疗"，海阔天空，想说啥说啥，图个愉快。是为了与衰老做潇洒的抗争，证明生命力的强大，礼赞意志力的无畏，也是为了表明践约的真诚。

春天已经来到，而那第一朵迎春花，却悄然隐没在烂漫的花丛中，难辨谁是曾经的引领者。完成了使命，便回归平凡——这，想必又是一种约定。

在行将消失的林子里

单位要盖大楼了。半个多月前，西大门内的那片树林子，就被圈起来了。将要动工拆毁的那栋旧楼门口，我们几位老人每天练操的地方，也被列为禁地。原在我们身边的那排迎春花，此时正含苞待放，我们也看到了它花开第一朵，正期待它烂漫开放之日。但现在不行了，我们转移了练操地，不能再天天关注它了。

这片林子里，还有柏树、槐树、海棠、杏子、柿子、竹子和一排巨大的泡桐树，它们都将要被砍掉或被移走。想到它们将要和我们告别，我们真有一种惜别情绪。我们当然深知，盖大楼是重大工程，建设新的必定要损害旧的，这也是很无奈的事情。

几天前，我独自绕边门进去，想看看那排迎春花到底开得怎

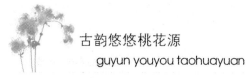

么样了。到得跟前一看，让我惊讶的是，它们已被连根刨掉，根茎已不在，只剩下一堆枝条。而一串串花骨朵，依旧恋在花枝上，彼此不离不弃，青绿的枝条生机犹在，看得出是刚刚发生的悲剧。

我不胜惋惜。不为别的，只因为我刚写成一篇散文——《第一朵迎春花》，是以它为题材的。我很想看到它烂漫开放的情状，没想到它竟让我大失所望。哪怕是再过一二十天，让它们完成自己的使命，结束那最让它们骄傲的开花期，之后再把它们刨根迁移也好啊，何必那样迫不及待！我不禁埋怨起来。

它也真是很不幸，它在这里才活了不到 20 年！细算起来，这林子里的树，树龄都不算很长，还正是它们的青壮年，离老死之日还长着呢。而现在，凡树身小一点的都要移走了，但"树挪死人挪活"，活不活得了还另说了。最可怜的是那几棵泡桐树，只因高大而又腰粗一围多的，没有移栽的可能，唯一命运恐怕只有锯掉。

树木本来就是最长寿的有机物，人类寿命远不及它。目前仍然存活的古树，全世界还有很多。美国加州有寿高万年的"世界爷"树，太平洋波利尼西亚群岛上，还有一棵 9000 多岁的龙血树。三五千年的古树，在中国也不少，山东莒县定林寺的一棵银杏已有 3300 多岁，陕西黄帝陵有一棵古柏 5000 岁。至于千年左右的古树，更是不计其数。走进北京中山公园，到处可见几百乃至千年的古柏。而在南方的广西、广东、海南、福建、贵州等地，则多有千年古榕，都让人满怀景仰之情。

许多树木的寿命，百年以上是很正常的。柏树、松树、榆树、槐树、银杏、柿子等，都属长寿树，但真正存活到这个年龄的，论比例却又是很稀少。它们或因人类的乱砍滥伐，或因人为和自然引起的火灾，使它们早早就毁于这些灾难之中。

目前世界各地每年发生森林火灾达 20 多万次。有据可查的烧毁百万公顷以上的特大森林火灾，就有 7 次。其中一次在美国的威斯康星州和密执安州，烧毁森林 152 万公顷。一次在西伯利亚，烧了 5 个月，烧毁森林 1200 万公顷。最大的一次是 1976 年在澳大利亚，烧了几个月，烧毁森林及草原 1.17 亿公顷，有"世界火海"之称。中国现在每年平均发生的森林火灾，也有 1 万多次，烧毁森林几十万至上百万公顷。1987 年 5 月黑龙江大兴安岭还发生特大森林火灾，过火面积 101 万公顷，那电视画面，我们至今还记忆犹新。森林火灾的起因，90% 是人为的火种引发，这事实很让人心颤。

人为的乱砍滥伐，也很让人触目惊心。曾见报载，福建省某镇有一万多亩山林，盗伐者砍光了其中的 2600 亩原始森林，"与其让盗者偷掉不如我自己砍"，林场居然在一年之内把 20 个世纪栽种的 4000 亩人造林全部砍光。他们的刀下毫不留情，砍掉的都是年轻的林木！

被山火烧掉和被人为砍掉的树木，原本可以活得更长，但实际上却是非正常死亡了，或者说是早死了。每年有那么多树木死于非命，真让人类悲伤！我由此想到"殇"这个词。未成年而死谓之"殇"。也就是说，夭折即为殇。树殇林殇，人心滴血。不到百年的树木被生生砍掉或烧毁，无异于年轻人之被屠杀，那是一种残忍之举！大面积的乱砍滥伐和大面积的山火，便如集体屠杀的惨剧。扑灭大面积的森林火灾，人类的力量显得很渺小，制止山火的发生的办法，似乎也不是很有效。森林火灾难以杜绝，树木也是难逃劫难。

但人类并没有选择放弃，而是持续地做着一项伟大的事情，即开展全民参与的绿色工程，不断为树木的繁殖和生长创造条件。年复一年的植树造林，正在抵消甚至远远超过灾害造成的破坏。

想起劳动模范马永顺。他曾是伐木模范，10 年伐木 3 万多棵，后来响应国家号召植树造林，他要补种同样多的树木。他用了 20 年时间植树 2 万多棵，到 78 岁时，还差近千棵树。这年，他率一家三代 15 口人，共栽树 1200 多棵，终于完成了心愿。但他依然造林不止，直到他 84 岁时，他同家人又栽下落叶松 4000 多棵。两年后，86 岁高龄的马永顺，荣获全国"五一劳动奖章"和"全国十大绿化标兵"称号。这事迹深入人心，至今想来仍感动不已。

面对我单位的这片林子，也想起它的栽种人。20 多年前植树之时，这里人员踊跃，欢声笑语，提水持锹，培土扶苗。经连年栽种，终成今日模样。如今树木成林，而栽树者却人影幢幢，名字闪烁。唯独老张、老王两人的印象还清晰。老张经常独自扛锹育苗，经营苗圃；老王常跑周边区县，选购便宜树苗，引进优良树种，带领和指挥种植。他们汗流树下，功留社史。

日前路遇基建工程负责人之一的 J。"那片林子没了太可惜！""我们要再建设，明天会更漂亮！"他的话我信。

立于行将消失的林子里，我憧憬新大楼，更期待新林子。

难忘那幅画

各种各样的告别，已记不清经历过多少次。独有高陂码头的那次告别，历经 46 年，至今难以忘怀。

那是 1959 年的事情。8 月中旬，我接到复旦大学的录取通知，是我中学校长亲手交给我的。他说："祝贺你！回头你写个申请，给你 15 块钱路费补助。"

手里拿着通知，心情却是复杂。考上名校，如了心愿，心里自然高兴，但我没有狂喜。我所在的高陂中学，考上这所大学的，我算是头一个。我还没有来得及为此兴奋，却有愁云升起。从家乡经潮州，到广州，再到上海，好长的路程，15 块钱哪里够？

那年，家乡刚经过"大跃进"、人民公社化、"吃饭不要钱"、刮共产风，开始了 3 年困难时期。生产队一个劳动日值 7 分钱，家里一块现钱都拿不出来。我粗算了一下必要费用，至少需要六七十元，大饥之年，凑这笔钱谈何容易！一时间我感到一筹莫展。

是我堂兄最先给了我一线曙光。他在公社任文书，他说："考上了，好事，费用你先筹一些，不够我想办法。"他的话让我落泪——他此时的工资属行政的最低一级，才二十多元，他还有一个亲弟弟，也在上高中，需要他负担。接着是我二姐夫，他闻讯从炼铁炉前回来，倾其积蓄，给了我 15 元。父亲把家里唯一可卖的一个旧挂钟，拿到镇上卖了 3 元钱，全都给了我。堂姐等亲人也都各尽所能，或钱或物，点点滴滴，都出于心。他们说，就一个弟弟能上大学，说什么也得帮！

我启程那天正是处暑，亲人都来到高陂镇。堂姐带来一只母鸡、一袋糯米，要在镇上我姐姐家为我饯行。饥荒岁月，盘中有鸡，极为不易，但座中最珍贵的，是简短的叮咛和嘱咐，堂姐最善表达：在外读书，差不多就得，莫太辛苦，身体要紧，常写写信……字字如金，我铭记心中。饭后到码头上船，送行的是我继母和两位姐姐。

开往潮州的小电轮，马达和笛声同时响起，码头上送进我眼帘的，是 3 位女性抹泪的情景。这情景，如同一幅画，成为永久的定格，深深地锁在我心中，多少年都忘不了。随着"突突突突"的马达声，电轮载着亲人们的希冀和牵挂，也载着我的留恋和不舍，顺着悠悠韩江水，向南驶往遥远……

渐行渐远，亲人的影像，却逐个在我眼前闪现。

继母是在我母亲去世 6 年后来到我家的，我那时不到 11 岁。她每年辛苦种稻种番薯，让我上学吃得饱；她起早贪黑多种菜，腌制成咸菜，供我上学时食用；她曾用肩挑瓷器挣"脚钱"（从

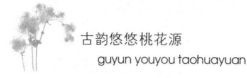
彩瓷厂到码头，来回1里地，每担3分钱），用双手替彩瓷厂工人洗衣服（每月三四元钱），以此补贴我的学习费用。

堂姐视我如亲弟，在我最困难的高中阶段，常给我一些伙食钱。她没有读过几年书，连小学都没有念完。她不大知书，却很识礼，全凭天生的悟性和聪慧。她为人善良，待人亲切，全村人都喜欢她，说她懂事、厚道、贤惠。她说帮助我是应该的，虽然她家境也不宽裕，只靠姐夫在潮州行医的微薄收入，而且此时她已有两个孩子，但她每个月都想到我，到镇上赴墟时，总在她落脚的一间店里等我，直到把钱给了我她才回家。

姐姐在镇上，是一家食品店的工人，每月工资二十多元。因为没有粮食，这年已经基本不开工，经常开不出工资。她和姐夫拿出那15元，我相信几乎是倾囊了。她和我是亲姐弟，她长我3岁，但同一天上小学，同在一个班。我儿时对她并不敬，总是随大人在广州番禺时的叫法，喊她的小名"阿囡"，从不称她为"姐"。这口很长时间改不过来，后来稍有觉悟，又不好意思，就干脆什么都不叫。她的学习成绩没我好，家里又供不起，小学没读完她就辍学了。我知道，她是极希望我把书读下去的，但她的强烈心愿，我还是后来才领略到的。

我站在船头，想到他们的无私帮助，心中如有洪波涌起，感激之情难以言表，只是暗许心愿，将来学有所成，定要以涌泉报滴水。殊不知，一别30年，我大器不成，碌碌无为，拮据大半生，只为自家谋稻粱。空有一番心志，却未有些少报答，特别是在他们极端艰难之时，我也是心有余而力不足，爱莫能助。想起那高陂码头，想起我冲它许下的心愿，就有不胜惭愧之感。而他们，都只想到给予，却从不求回报。他们依旧是勒紧裤带过日子，竭尽所能地支持儿女读书。

一个山村小镇里的一个穷苦工人家庭，先后出了4个本科大学生，这在镇里、县里以至在地区，都为人所羡慕，我姐姐也因此为各级妇联部门所关注。1984年起，县妇联、地区妇联和广东省妇联，先后5次表彰她，授予"和睦家庭"、"模范家庭"等荣誉，奖励她团结家庭、培养孩子的佳绩。她成了"模范母亲"和"模范妇女"。

她不善于言表，不会讲多少道理，也说不出个为什么来，而只知道应该这样做。山区小镇，没有记者采访过她，没有报纸宣传过她。她只知道默默地，做着该做的事情——养了孩子就要让他们读书。虽然，不幸的事连续发生，先是公公和丈夫相继去世，接着是亲生的长子30多岁病逝，白发人送黑发人，她最是痛心疾首。但她生性坚强，经受住了一连串的打击。如今，她也告别了高陂码头，离开了高陂镇，先后到了深圳和厦门，为孙儿、孙女和外孙服务，为他们的学习和升学操心。一个接着一个，至今未有尽头。日前和她通电话，那头传来的，是一种乐此不疲的劲头，她正为准备考大学的孙女奉献着心力。

都说客家人重学兴教，我的姐姐们所继承和发扬的，不正是这种传统吗？46年前在高陂码头远离他们之时，我忽然有所领悟，顿感他们的精神之可敬。也大约正是从那时起，我对姐姐的称呼终于改口，离家后的第一封家信，就改称"阿囡"为"阿姐"了。

阿姐不会写回信，但在方寸的心田中，满满地刻印着的，却是客家文化的信条。

红白交替的一幕

1949年10月1日，新中国开国大典在北京举行，毛主席在天门城楼上庄严宣告："中华人民共和国中央人民政府于本日成立了！"而此前的5月，我的家乡——梅州大埔县就已经解放，

是全省解放得最早的县份。但 7 月以后，国民党胡琏兵团窜入梅县等地，我们县又在国民党军队控制之下。他们正做着最后的挣扎，并准备从这里经潮汕逃离大陆。国民党政权垮台的混乱局面，蒋家军队溃败的狼狈情状，在这里时刻可以见到。家住粤东韩江之滨，我那年 10 岁，耳闻目睹了其中的点点滴滴。

那年 8 月中旬，农历七月十五，我们村里人，一如往年那样，在村口"伯公庙"祭神。大家刚把供品摆好，不知谁大喊一声："'大兵'来了！快跑！"大家于是拔腿就跑，连供品鸡和肉都来不及拿了。忽然又有人说："大兵还在培美村，还没有到呢。"大家于是赶回庙里，拿回自己的供品。这些年来，我们都管国民党兵叫"大兵"，而这一年，国民党军常来抓丁去当兵，见年轻人就抓。因此人们更把它视为虎狼之师，如同洪水猛兽，闻声而逃。连妈妈吓唬小孩，都常喊："大兵来了，别哭！"

我们葵江口村，村口有家小店，卖豆腐干的，店主黄火伯，有儿子阿解 17 岁，是当时村里唯一的中学生。这年某日，他正在店里给父亲帮忙，忽然一队大兵出现在门前的拱桥头，他闻声从后门逃跑，大兵发现，连忙叽里呱啦，拉开枪栓准备开枪，黄火伯惊吓，大声叫他"回来"。他一回来，就给抓走了，一去杳无音讯，不知死活。

培美村在我们村北面，沿江上行 3 里地，村里有个青年叫阿干，肩宽体壮。那天正在家里，盘腿于大厅，破篾编筐。忽见大兵破门而入，他灵机一动，继续破篾，稳坐地上。大兵上前抓他，他两腿依然盘着，死不松开。大兵怎么也拉不动，于是"啪"一记耳光，"他妈的！残废！"大兵扭头出门，阿干也逃过一劫。但没过几天，他一早牵牛出门，在大路边水沟里让牛饮水，正遇一队大兵迎面过来，他逃跑不及，到底还是被抓走了。后来到了金门，他利用暴风雨天，摇下一根电线杆，抱着它越海游回福建，再辗转回到家乡。

这年真可谓兵荒马乱，我们日夜都很怕闻狗叫，担心大兵来抓丁抢东西。我那时 10 岁,不知世界大事,只感到天下忽红忽白。白天上学,老师黄谷生,偷偷教唱共产党的歌,其中一首《解放区的天》,至今不忘。还有一首叫《南京到北京》,还记得头几句歌词:"南京到北京,哪一个不闻名?英明领袖就是毛泽东,他为人民谋幸福,人民得翻身……"有一天,高陂镇的国民党机构来人检查,老师早把那歌纸藏起,他们一走又把它拿出来。后来听说,老师是党的地下工作者。

我们村濒临韩江,小河葵江从这里出口。沿着葵江往山里走,可到游击队所在地赤水。那里有一个游击队领袖,名字几乎家喻户晓,他叫"刘永生",老百姓给他的爱称叫"老货"。"老货"是这年初刚成立的闽粤赣边纵队司令员,他以我们县为主要基地,经常率部围歼分驻各地的胡琏大兵。胡琏为保部队给养,也很注意保护韩江水路的畅通。而"老货"则常派游击队员到江边"打税",拦截载有军需物品的过往船只,并将物品运往山里根据地。我们村口常是"打税"的最佳地点,村里人也常帮游击队挑货进山。我们常见,游击队员哨子一响,过往船只就乖乖靠岸,接受盘查。也有遭遇大兵押运,而发生驳火之时。因游击队占地势之利,吃亏的总是胡琏大兵。

有一次,游击队打完税,迅速往山里撤,忽然一队员匆匆原路返回,取回落在村口的一包重要东西。而此时,胡琏兵正从南面沿江而上,眼看快到村口,快要截住游击队。我婶婶见状十分着急,不顾一切,隔岸大声向他喊话:快跑快跑!大兵到村口啦!那队员猛醒,加速跑进山路,脱离了险境。

胡琏兵团是陈诚的嫡系,也是国民党军五大精锐之一。它在国民党军中素以善战著称,抗日战争中曾有不俗战绩。其后,虽然受到过解放军的打击,但何曾遇过今年如此的惨象!他的无奈就是率部溃逃,如我们所见,他的部队已无心恋战,即便有战,也是屡吃败仗。特别是 9 月 26 日,盘踞我们大埔县城的 2000 余名胡琏大兵,仓皇向韩江下游的潮汕方向逃遁。刘永生所属的边纵一支队随即进城，重新成立县政府。这几天，韩江两岸，我们常见败军像鼠窜之旅，急急如丧家之犬，惶惶似漏网之鱼。溃不成军，落荒而逃，所到之处，又都为百姓所拒。兵败如山倒，那是蒋军的最后一幕。

后来得知，胡琏兵团，终于在10月下旬，全部从海上逃走。10月25日，潮汕全境解放。"老货"骑着大马，出现在汕头市街头，与敲锣打鼓的市民，同庆革命的胜利。

新中国成立前后，粤东地区红白交替的一幕，反映出了一句话，那便是：失民心者失天下，得民心者得天下！

解放区的天

我的家乡——梅州大埔县，是广东省解放得最早的县份，也是全省唯一的中央苏区县。1949年10月1日，新中国开国大典在北京举行，毛主席在天门城楼上庄严宣告中华人民共和国中央人民政府成立了。而此前的5月，我们县人民政府就已经成立了。

1948年年底，我父亲结束漂泊异乡的生活，带着我们姐弟二人，从番禺回到故乡大埔县。老家在韩江之滨，我们那天乘船，从汕头溯江而上。时值隆冬，但放眼两岸，却是春的气象，满山葱绿，还有我叫不出名字的野花，开得红红艳艳。我出生在广州，此景见所未见，于是趴在船窗前，尽情饱览山上的美丽。

正是兵荒马乱之时，回到老家之后，草草地过了个春节，不久我便进了村里的小学。我时年10岁，在广州番禺只读了两年书，老师让我插班三年级。老师姓黄名谷生，三十多岁。学生十三四个，同在一个十三四平米的厅子里上课。黄老师是一个全能老师，语文、算术、图画和音乐，全是他教。

印象最深的是他教的歌，第一首叫《解放区的天》，歌词是"解放区的天，是明朗的天，解放区的人民好喜欢，民主政府爱人民，共产党的恩情说不完，呀嗬嘿嘿依哟呀嗬嘿……"教唱的时间大约是5月天，这时正是我县全县解放之日，老师和我们都唱得很畅快。这是我学会的第一首红歌，那欢快的节奏和旋律，至今想来都仿佛还在耳际。

还有一首叫《南京到北京》，还记得头几句歌词："南京到北京，哪一个不闻名？英明领袖就是毛泽东，他为人民谋幸福，人民得翻身……"可以说，是谷生老师让我第一次听说毛泽东、共产党。我当时不知道他是不是党的地下工作者，只感觉到他的话语多有共产党味儿。

老师的生活很艰苦，他每天的伙食，是我们学生轮流送给他。一天一筒半米，相当于一斤半，另加蔬菜，由学生早上提早送去。大约是半个月轮一次。他的午饭晚饭，经常是一饭袋饭（用席草编织而成，把米放进去，用绳子系紧袋口，放锅里煮熟）、一个茄子蘸盐水，加点蒜末，便算一餐。秋天冬天，饭袋里添点番薯或芋头。这里，特别值得一提的是，黄老师对学生送的米菜，从来没有挑剔过，送多送少，送好送差，他都笑纳，并且总要说声"谢谢!"

黄老师星期天不大回家，因为路远，步行要三四个小时。他一个学期的待遇是两担稻谷，放假时让妻子来一起挑回去。他是安贫乐教，尽心尽责之人。

黄老师的工作很有危险，要随时应付国民党教育官员不时的突击检查。那时，我们处在红白交替的环境中，那年5月解放前是如此，7月国民党胡琏兵团溃逃时重新控制我县后更是如此。有一天区里的国民党机构来人检查，他闻讯早把歌纸藏起，等他们一走远，他又教起《南京到北京》来了。

其实，1949年这一年，家乡情势并不很明朗。原因就在国民

党军把粤东这一带视为溃逃的最后阵地，部队驻扎在县城和镇上，不时出没在船上和我们村口的路上。我们农村没有报纸，完全不知战事如何。看到国民党大兵出现，就胆战心惊，晚上听到狗吠，更是惶恐不安，生怕匪兵来抓人抢东西。我们村当时唯一的一个中学生，17岁的黄阿解，就是这年被抓去当兵，至今生死不明。他父亲、我的邻居黄火伯，多少次谈及此，都痛不欲生。

让我们感到踏实的是，我们村口常有游击队员来"打税"，他们拦截载有军需物品的过往船只。我们常见，游击队员哨子一响，过往船只就乖乖靠岸，接受盘查。如有军需物品，就搬上岸边，运往山里根据地。我们村里人也常帮游击队挑货进山。也有遭遇大兵押运，而发生驳火之时。因游击队占地势之利，吃亏的总是国民党军。

这样红白交替的日子，我们经历了整整一年。我们村濒临韩江，小河葵江从这里出口。沿着葵江往山里走，可到游击队所在地赤水。那里有一个游击队领袖，名字几乎家喻户晓，他叫"刘永生"，老百姓给他的爱称叫"老货"。"老货"是这年初刚成立的闽粤赣边纵队司令员，他以我们县为主要基地，经常率部围歼分驻各地的国民党军。9月26日，游击队再次夺回县城，又一次成立县人民政府。

后来才知道，这年的4月23日，解放军就已经攻占了国民党政府所在地南京，国民党蒋介石王朝的统治宣告结束。而此时在我们家乡出没的胡琏兵团，已属流窜的丧家之犬。到10月底，即毛主席宣告"中华人民共和国中央人民政府于本日成立了"之后，胡琏的残余部队终于经汕头彻底逃走。

所有这些，我的谷生老师，当时想必也是不甚了了。但我的印象中，老师于胡琏军队频繁骚扰之时，神情始终很镇定，照样教他的书，照样教他的红歌。

这年的冬天，黄谷生老师结束在我村的任教，要回他的老家——与我们相邻的丰顺县去了。那天，也是山上野花开得正烂漫之时，他和他的妻子一起，各自挑着一担谷，悄然告别我们葵江口村，消失在村口拐角处。现在想来，我们也是很失礼，怎么就没有人请他吃顿饭？至少也该到村口去送送他。当时也是不兴此礼啊，老师更是不计较这些。而我此刻，行文到此，眼里却禁不住湿了。

黄老师教给我的，不仅仅是两首红歌，他的敬业精神，他的人生态度，都堪为我效法啊。遗憾的是，别后整整 60 年，我一直不知道他的信息，他现在还健在吗？若健在，当是九旬老翁了吧，我多么希望他长寿。

近 20 年来，我曾几次回家乡，也曾踏访母校旧址，但每次都让我不胜感慨。沧海桑田，陵迁谷变，那小学早已拆掉，旧貌不存。曾唱响红歌的地方，如今成了可达四方的汽车路。曾是解放区的天，如今已是改革的天，开放的天。全村二十多户人家，成年人大都去了深圳、广州，也有几个得发者。也许还有可以告慰老师的，便是您在那十三四平米的教室里启蒙出来的十三四个学生中，有两个后来考上了大学，不贤者我就是其中一个。我多次打听您的下落，想去拜访您，向您汇报，但您音信杳杳，总让我心中怅然。

在我的心中，先生是我的第一位老师。悠悠几十年里，我脑际常常回响的，是那首《解放区的天》！那里有我的记忆，我的经历，更有我的向往。

毋忘三河坝

前年中秋前夕，我乘车回家乡大埔县。车过三河坝，停车江岸，隔江眺望，领略名镇风采。只见绿水青山，山水一色，秋阳之下，水光潋滟。立于桥头留影，更觉秋风习习，凉爽宜人。久违的小镇，顿时让我流连。

三河坝在我县境内，为梅江、汀江、梅潭河交汇处。三河之水，由此汇入韩江。水汇三江，蔚为奇观，历来是家乡人的骄傲。更让我县乡亲感到光荣的是，这里是著名的"三河坝战役"的发生地。正是这一战役，使小镇三河坝名扬天下。

我不止一次过访此镇，但唯独此次最让我怀想。因为此刻适逢"三河坝战役"80周年纪念，故地重游，久远的历史又一次闪现于眼前。

1927年8月1日，中国共产党领导的南昌起义爆发，打响了以武装反抗国民党反动派的第一枪。8月3日，起义军2万余人撤离南昌南下，9月18日到达大埔县，9月20日从三河坝兵分两路，主力部队由周恩来、叶挺、贺龙、刘伯承率领，沿韩江进军潮州、汕头，朱德率4000人留守三河坝，截击敌军，保护南下主力。

与此同时，蒋介石嫡系钱大钧，率3个师2万余人，追击起义军，到三河坝强行东渡。10月1日——尔后的共和国国庆日，枪声响起。起义军凭借笔枝尾山地势，予以猛烈阻击。敌军仗着兵多势众，武器精良，重炮狂轰山头，继而四面包围，妄图一举消灭这支部队。但起义军顽强抵抗，激战3天3夜，直至短兵相接，刺刀肉搏，战况惨烈，敌军死亡1000多人。面对近10倍于己的敌军，起义军寡不敌众，也损失千余人。为保存实力，朱德率军突围，撤出三河坝。

三河坝战役，笔枝尾山头，写下了惊天地泣鬼神的历史。起义军将士的鲜血，曾经染红这里的山和水。据报道，1963年建设纪念碑时，挖出来的烈士骸骨，有满满4大缸；1974年建纪念碑护栏时，又挖出许多遗骸，其中许多战士，手里还紧握着枪……激烈残酷的战斗，撼人心魄的场面，后人可以想见。

这天——2007年9月18日，正是当年起义军抵达三河坝之日。我路经笔枝尾山下，眼前忽然闪现三位英雄形象及其情状：

军长朱德，背挂斗笠，身着短裤，脚穿草鞋，与士兵一样打扮，雄立河滩竹林旁边，召集全师军官，做战斗动员和作战部署。大敌当前，军长神情镇定，指挥从容，一副胆略超人的统帅姿态和大将风采。

营长蔡晴川，率兵据守山头，于 10 月 4 日凌晨，投入三河坝战役中最惨烈的一战。他们顶着狂轰滥炸的炮火，拼死抵抗四面包围而来的万余敌军，子弹打完，刺刀见红，营长和全营 200 余勇士，终于倒在血泊中，成了革命刚起步就献身的英烈！

团长孙一中，率部阻击强渡的敌船，从下午 5 时奋战至后半夜，歼敌 300 余人。于枪林弹雨中，他身负重伤，仍然坚持指挥战斗，不肯下火线，英雄气概，英雄精神，堪为后人楷模！

起义军余部 2000 余人，由朱德率领远离了三河坝，后来几经艰难曲折，到达赣南耷市，和毛泽东的秋收起义军会合，共同举起武装革命的大旗，谱写了中国历史的新篇章。

三河坝远离了枪声，却留下一段史家不能不写的重要史实。三河坝战役，是起义军撤离南昌之后的又一次重大军事行动，在我党我军的发展史上具有重要意义。三河坝战役显示的我军的武装抗敌精神，此役留下的经过战火考验的革命火种，是我党我军极其宝贵的财富和力量。没有这支部队和力量，中国革命史将是另一模样。有史家甚至说："没有三河坝战役，就没有井冈山会师，中国人民解放军的历史也将重写。"三河坝笔枝尾山头，是革命的遗址，历史的见证。

80 年过去，笔枝尾山头，战争硝烟不再，革命精神却永存。朱德亲笔题词的三河坝战役纪念碑，被国务院列为全国重点烈士纪念建筑物重点保护单位，它将屹立千载，彰显万代。经过扩建的三河坝纪念园，又成为重要的爱国主义教育基地和红色旅游景点。朱德召集全师军官开会的河滩竹林，已经旧貌不显，起义军指挥部的遗址，却依然留存。今年"八一"节期间在这里举行的南昌起义 80 周年纪念会上，朱德等的亲人都禁不住泪流满面。登临山头，凭吊昔日战场，爱国志士，谁又能不感慨万千！

三河坝战役，是一页内涵丰富的历史，一幅有声有色的画卷，一出激奋人心的大戏，是一部跌宕多姿洋溢英雄豪气富有魅力的书。它是一个不能忘却的纪念。让人铭记这一历史事件，发扬先烈的革命精神，激发国人的爱国主义热情，是历史赋予今人的历史责任。立于江岸，我心中忽然萌生希冀，期盼文艺家能够创作出充分正面生动深刻反映三河坝的这一光辉历史面貌的佳作，例如一部成功的电影，一部家喻户晓的电视剧。可惜的是，这样的作品现在还没有出现。我们对此充满期待！

今日三河坝，四桥飞架三江六岸，显示了少有的雄奇风貌。无论立于哪座桥，都会感到有雄风吹拂。80 年的历史，80 年的巨变，沧海桑田，陵迁谷变，英雄的追求，烈士的理想，已经成为现实。崭新的大埔县，崭新的三河坝，堪以告慰九泉之下的先烈。

而今，时间不觉又过了两年，值此建军 82 周年之时，忽又想起三河坝——一个不起眼的小地方，它名气不大，许多人都不太知道它。但在我，在我们家乡人心目中，却视它如革命圣地。作此小文，心存一愿，愿有更多读者，了解三河坝，毋忘三河坝，三河永在，英雄精神永存！

过一次"洗泥节"

昨天和家乡的堂弟通电话，他问我："今天过不过节？""什么节？""七月十五洗泥节啊！""哦，北京人不过。""人家不过你过呀！""算了，入乡随俗。"

话虽这样说，心里还是想起它。

在家乡梅州大埔，我们都有过此节的习惯。每年农历七月十五日，家家都杀鸡宰鸭割猪肉，做糯米糍粑，中午到伯公庙祭神，下午到祠堂祭祖。晚饭之丰盛，仅次于年三十。

所谓洗泥节，就是晚稻秧已插完，红薯也都种了，重要农事告一段落，可把腿脚上的泥土洗净，待在家里歇一歇。而此时早稻已收割，缸里有新米还有糯米，鸭子也长大了，宰烹正当时。天人共享，适其时也。此习代代沿袭，为此地客家风俗。它始于何时无可考，而至今仍不见式微之势。不仅农村，城镇居民也仍有坚持的。他们的脚已无泥可洗，到了这天仍不忘杀鸡宰鸭。

洗泥节也叫洗泥福，福者祈福也，给先祖和神灵烧点香纸上点供品，祈求保护人体安康和五谷丰登。它不同于道教的鬼节，也不同于由此形成的给饿鬼投食物的习俗。虽然都在同一天，但洗泥节带有喜庆和享受安乐的意味，也带有希冀和憧憬的心理。此节很单纯，形式也很简单，除了祭拜和吃点好的，别无其他活动。

传统的节日中，其隆重程度，都与生活条件有关。过去在我家乡，端午节正逢农村"四月荒"，农民缺钱又缺粮，没有多少人过，顶多包几个粽子自己吃，也绝不投到河里祭屈原。中秋也在"八月荒"，同样不被农民所关注，我没见过村里人到镇里买月饼，大多蒸几个芋头摘几个阳桃煮一点儿花生，不花一分钱，算是唯一的过法。锅里缺粮心里慌，哪里有情绪去过节！

我从10岁到19岁，在家乡生活了10年，深知家乡农民生活之苦。我们村很多耕地在山里，农历六月开始收割稻子，从地头把稻谷运回家，一路肩挑，一路崎岖，七八里之遥，全是下山道，挑得腿发软。接着就是耙地、插秧，则要挑粪肥到地头，一路上山，少有歇脚，汗湿衣衫无干处。到了地头，马上插秧，弯腰弓背，从早到晚，累得直不起腰。上述农活，连续一个月，时值盛夏酷暑，艰难可想而知。期盼农事结束，歇一两天，吃点好的，人们都有此心理。我暑假在家，年年有此经历，体验深刻难忘。

如今的节日很多，元旦、春节、清明节、五一、端午节、中秋节、国庆节，全民都有假，妇女节、儿童节、教师节，有关人等有半天假，还有青年节、母亲节和父亲节，以及近年来火热起来的圣诞节，年轻人玩浪漫的情人节、恶作剧的愚人节……有钱有物，玩得五花八门。兜里没钱，拿什么买花送情人？何来浪漫情趣?!

节日文化的一个基础条件，就是物质状况，就是经济发展。人们首先必须吃、喝、住、穿，然后才能从事政治、科学、艺术、宗教等活动。正如恩格斯所说，"这是一个简单的事实"。家乡人每年一次的"洗泥节"，用最简单的祭拜，表达最朴素的诉求，便是这一唯物主义道理的表达。

我离开家乡50年，从未过过"洗泥节"。昨天晚饭，我和老伴意见一致，到社内饭馆文贤居，做一次难得的体验。要了一份黄花鱼，一盘地三鲜。盘中没有鸡鸭，腿脚也没有泥土，更没有烧香祭拜。我想寻找的，只是心中的一点回忆。

萝北最后一个知青

年前"小雪"那天，我们又挂念起萝北来：那里该下大雪了吧？小明的玉米、大豆，该收完了吧？今年收成还好吧？……种种惦记在心头，念兹在兹，怀着如此这般的挂念，我们给他打去电话。

小明"文革"初参加建设兵团，劳动时右手被炸伤，落下残疾，回鹤岗工作的希望破灭，是同伴中唯一落户在那里，结婚生女，并至今还在那里的最后一个知青。他深知我们对他的挂念，一接电话就报告我们最想知道的事情。

他说，大豆、玉米都收完了，总收成比去年好，大豆收了20吨，按现价可卖7万元，玉米收了40吨，能卖4万多元。刨去全部成本，今年可净挣5万。今年玉米比去年增产一倍，大豆本来也可增产，只因没换品种，豆苗疯长但倒伏，产量跟去年持平。这几年国家都有补贴，今年国家还要提高价格，收购一部分粮食，市场上自由流通少了，价格还可以上去一点。我们没什么困难，你们放心，别惦着……他滔滔不绝，如数家珍，听得出来，他是实话实说，并非故作莺歌燕舞，有意安慰我们。但是，我们能不惦记他吗?!

萝北是一个小县，在黑龙江鹤岗东北角，乃是边陲之地。小明伤残之后，我们都为他的前途和生活担心。他自己也早已意识到，受伤后躺在医院，他父亲赶到那里看他，他对父亲说的一句话就是："爸，儿子让您操心了!"他的整个右手掌被截除后，劳动生活都有很大困难。但他还算坚强，之后学习左手板书，当过小学老师，荣获过"先进"和"模范"之类的美誉。后来有高学历的人来了，他又改做场院管理员，专事巡夜、"打更"。

建设兵团的建制被撤销后，实行土地承包制，小明承包了一片土地，种玉米、大豆和土豆。由于经常得不到现金的回报，白条现象又促使他改行养猪。养猪红火了好几年后，又因猪肉价走贱，饲料价上涨，二道贩子压价又刁难，养猪不但不赚，还赔了不少钱。他于是又回归种地这一行。从此之后，他又总是让我们时喜时忧，每年都担心他的收成，连同那里的天气预报，我们都几乎天天关注，总想知道那里的风云雨雪和旱情涝象。

1998年8月，我们曾专程前去看望他。正是玉米成熟之时，我们事先捎去口信：什么都不要准备，煮些新掰的黏玉米棒子就行了。

那天，我们亲自到他的黄豆地和玉米地里看看。来到黄豆地头，只见一垄垄豆棵儿，上面结着串串豆荚，看样子不错。

"原来都以为没希望了，播种之后 50 多天没下雨，正准备要铲掉时下雨了，现在缓过来了，虽然晚了些，不可能高产，但卖点青豆，也比绝收强呀！"小明绝处逢生，难掩喜悦之情。

"这两垧地能挣多少钱？"

"也就千把块钱吧。"他给我们算了笔账："一垧（等于 15亩）地的利费税大约 800 元，种子、化肥、农药、耕地、喷药、中耕除草、化学灭草、收割、拉粮、粮食场院占地、清选、运输、保管、农具场占地、年检费，还有风险抵押金和农时保证金等等，七扣八扣，净挣不了几个钱。"我们听后，叹息不已。

回到家里，小明盘腿于炕上，唠起去年的一件大事——他打了一场官司。他和几位承包农户，告农场"打白条"，经法院裁决，他们获得胜诉，终于拿回了粮款。我们听后很高兴，对他刮目相看，让我惊讶的不是官司本身，而是他的自我保护意识，他已经懂得运用法律来保护自己的权益了！

说话间，他媳妇已把饭桌摆好，一顿很吊胃口的饭菜呈现在面前，其中黏玉米棒子和炖东北豆角最有特色，也最堪回味。能吃到他用一只手栽种的豆角和玉米，我们的心情很复杂，竟不知是高兴，还是心酸。

特别让我们高兴的是，小明说他戒了烟了。二十多年来，他既抽烟也喝酒，牙齿都抽得黄黑黄黑的，酒也是每天必喝——这都是他感到返城无望之后养成的坏习惯。

告别时，他姐塞给他一些钱，给他一点杯水车薪般的帮助。他死活不要，他姐为此大哭，他才勉强收下。

一晃 9 年之后，前年碰到罕见的灾年，全年没下雨，减产一半多。但去年春节，他给我们挂电话，却传来他的喜悦：政府给了许多补贴，又免征了农业税，粮食收购价还提高了很多，他不但没有赔，反而还挣了钱。我们给他寄去过春节的钱，他都给退了回来。

从电话里，我彻底听懂了他这些年来的真实心情。

前些年，鹤岗的亲友，曾给他联系好了回城的事情，要他到一个企业去看大门，过城市的清闲日子，终老余年。他当时说："我不想回城了，我的一只手已留在了萝北，我要和那只失去的手一起，永久留在这里。萝北这块地好，又黑又肥！"

时隔几年，他当农民的意志更坚定了，他说："我不后悔种地，现在国家那么重视农业，我们真的是旱涝保收！我们地又多，生活很稳定，不愁没饭吃。我算是小户，这里有一些大户，今年收入十几万二三十万的都有，有的都买小汽车了。"

我们叫他"小明"，他其实已经58岁了，可算是"老农"了。那里的"最后一个知青"，真的是在那里彻底扎根了，不再羡慕鹤岗的城市生活了。

"你们再来一次吧！最好是春秋天，听听那大型拖拉机的耕作声，隆隆隆隆，十分热闹，体验一下，很有意思！"他的盛情邀约，很有诱惑力，且有一点别样的情趣！

今年春节，我们又给他挂电话："你那里下雪了吗？"

"下了。但这几年，天气是明显变暖了。"听得出来，有雪无雪，他已不很在意，有政府在，他心里踏实。

放下电话，我们挂念的心，也放下了许多。

社会关系

在个人履历表中，有一栏叫"主要社会关系"。这种表格，我于初中时开始填写，那是加入新民主主义青年团（共青团的前身）之时。具体填了哪些人，已经记不大清了，无非是伯叔姑姨兄姐之类。

我出身贫农，根红苗正。有叔父在越南，属海外关系，但这在粤东侨乡，乃是极为普遍、极为正常甚至有点儿优越的关系，我的入团升学都不曾受影响。

　　我上大学那年秋天，耳边忽然响起一句口号，叫"阶级斗争年年讲月月讲天天讲"。各种大小会议上，它的出现频率很高，真的是几乎"天天讲"。"反修"斗争由国际波及国内，"社会关系"也变得重要起来。鉴定大学生的阶级斗争观念和表现，常常把本人的言行和他的社会关系联系起来考虑。学生的入团入党，其社会关系也成为必要条件。

　　同班同学L，四年级时入党，成为预备党员。第二年转正时，他的一位中学同学出了问题——因为用蜡版刻印同学写的没有公开发表过的诗文习作在几位好友中传阅，被公安部门认为是搞非法出版物。组织于是盘问L，并要他交代有关问题。他因交代"不清楚"，且"态度不好"，受到取消"预备党员"资格的处分。毕业时，也因此被分配到山西某地当教师。直到"文革"结束后，才撤销处分，恢复了党籍——此是后话。

　　没有想到，不久以后，我也碰到类似的麻烦。

　　我毕业那年，班级党支部决定发展我入党。支部已经上报了材料，也向我透露了这意向，并说进行到这步程序，系总支一般都会同意，少有驳回的。

　　问题出在一个月之后。那天，党支部一位副书记找我谈话。大意说：你的组织问题，系总支已经研究过，现在让你再回想一下，看看还有什么问题，需要向组织讲清楚的。"哪方面的？""你自己先想想，想好了写个材料。"谈话时间不长，我眼前却似升起一团雾。

　　这天晚上，我在图书馆写了两个多小时，密密麻麻好几页纸，说的是对阶级斗争的认识，大至对国际共运赫鲁晓夫修正主义思潮、总路线"大跃进"人民公社三面红旗的看法上的"活思想"以及自我批判，小到对三年经济困难时期吃不上大饼油条大块肉的艰苦生活的悲观认识的阶级斗争性质。这材料，我自觉颇为全面颇有条理颇有认识高度，第二天一早交给了组织。

过了几天，副书记又找我谈话。大意说，材料已看过，问题讲得太大太空，不具体。她要我再想想，想好了再写。她的话比上次还短，而我面前的雾，却比上次更浓。

这天晚上，我是离开图书馆的最后一人。我搜肠刮肚，把日常生活中可以上纲为阶级斗争观念薄弱的具体表现，诸如哪天开过什么不恰当的玩笑，什么时候在泔水桶里倒过剩饭剩菜，头两年生肺病时有过什么低落情绪，诸如说过 5 角钱一个鸡蛋太贵一类的话等等。这些都可以挂上对三面红旗的认识和态度问题。又是密密麻麻好几页，第二天及时交了上去。

几天之后，换了位副书记跟我谈话。大姐似的态度，话很和气，很与人为善，并且是启发式的。大意是，要我向组织讲清自己在交往中的一些情况，"比如，你接触过的人中，有没有有问题的？再比如，你的同学关系中，有没有需要向组织讲清楚的情况？……"我真是冥顽不灵！脑子里转了半天，还是感到不得要领。大姐最后说："你实在还想不起来，或者觉得没有什么好说，也没关系，你还可以找系总支谈谈。"

图书馆的一角，这天晚上坐着一个面壁发愣的我。大姐已经把让我思考的范围缩得很小，但我实在想不起来，我和我的同学的交往中，还有什么足以影响我入党的问题。一个多小时过去，摊在面前的纸上，还是那四个字的标题：我的汇报。

第二天，我按大姐的提示，径直找到系总支副书记 L 大姐。我说我经过认真的回忆，至今没有想起来我跟同学的关系中还有什么问题。希望组织上给个具体指示，我和哪个同学的关系有问题，以便提高认识，改正错误。

L 大姐也是很和蔼的人。她说，看来你现在还没有认识。你的问题，主要是你和 D 的关系。他和外文系的一个"反动学生"关系密切，而你又和 D 很要好。你作为一个要求入党的人，本应该把自己知道的他们之间的情况，及时向组织汇报，但你没有这样做。而且，几次通过支部启发你，你都没有觉悟。看来，你的组织观念不强，这离一个党员的要求还有距离。你的组织问题，这次就不考虑了。你年轻，以后继续努力吧，党的大门是敞开的……

我如同头上浇了一盆冷水。"组织问题不考虑了"，我已多少有点儿思想准备；我没有想到的是，问题竟是和 D 的关系！D 和我是同班同学，都因肺病休学，且同住一个医院治疗，由此常在一起。但我压根儿不知道外文系有个什么"反动学生"，更没听说 D 和那学生有何联系。没有挑明时，我如在雾里，现在挑明了，我还是在雾中。

我带着未了的心愿到了新的工作岗位。对于那两位大姐般的支部和总支领导，我始终心怀着敬意，不曾怪怨过她们。谁在那个位子上，都会把这根弦绷得紧紧的。她们都不是跟我过不去，更不是有意把我拒之党的门外。因而，在新的岗位，我也真的是按着 L 大姐所嘱，去做着新的努力。

我和 D，友谊依旧。我去上海，不止一次去看望过他，他来北京，也到我家做客。但我至今没问过他有关那个外文系学生的事，也从未提及此事与我有过的牵连。我只是在"文革"之后获悉，那外文系学生已经平反。

吃了一堑，也真是长了一智。我履历表上所填的"主要社会关系"，对我个人的生活道路并没有什么妨碍，倒是没上履历表的非主要社会关系，对我造成了实际上的和心理上的影响。"史无前例"期间，人们对"阶级关系"和敌我友界限的关注，与 60 年代初乍提"天天讲"口号时相比，有过之而无不及。成年人分"革""保"两派，小孩子分"红""黑"两类。作为"主要社会关系"的父母，便对孩子产生了直接影响。这种现实，也给人们投下这样那样的阴影。

此时，我年近而立，到了该考虑组建家庭的时候。有同学同乡同事给我介绍女友，我都一无例外地"顺便"问问其出身和"主要社会关系"。某同事给我介绍过一位女友，别的条件尚好，只是听说其父在海峡那边，我便打了退堂鼓。对方却是无比乐观，她说：偌大一个中国，还怕找不到个对象?! 后来，我认识一位穿军装的女士，没想到她竟比我更关注"社会关系"，见面没几天就让组织派人来单位调查，对我"政审"一番，生怕我是"地富反坏"出身。还好，调查证明，我出身贫农，"村干"子弟——继母是无行政级别可归的在职的生产队长；她出身矿工，父亲也曾是农会主席。算是门当户对，我们于是组建了这个家庭。

我不知，我们习惯中理解的那个"社会关系"，曾给多少人带来过多少这样那样的影响。按哲学的意义，所谓"社会关系"，乃是人们在共同活动过程中所结成的以生产关系为基础的相互关系的总称，包括物质关系和政治关系。在存在阶级或阶级斗争的社会中，许多社会关系表现为阶级关系或打上阶级的烙印，但是，当我们把"许多"扩大为"全部"，把所有的"社会关系"，都满满地灌以一种政治的特别是阶级斗争的内容，并以"天天斗"为乐之时，也就自觉不自觉地陷入了一个或深或浅的误区了。

真是幸运，那种颜色的生活，如今已经成为历史；那种"斗争"哲学，已为建设的理论所代替；那种思维方式，也终于去而不再。社会走出了观念的误区，天空也便云消雾散。不见了往日那风云阴雨，我眼前已是一片日朗风和。

站在陈望道先生墓前

近日整理电脑文件夹，一张陈望道墓前照片，让我的思绪飘动许久。那是前年11月17日照的。那天下午4时许，我和同班同学唐金海等，游览完锦溪回上海。路经福寿园公墓时，我们特意下车，要看看陈望道先生墓。

陈望道先生是我的母校复旦大学在新中国成立后的第一任校长。1959年9月1日的开学典礼上，我第一次听到他讲话的声音，只是他在大礼堂讲台上，我们在老教学楼分会场里，只闻其声，不见其人。但当时的心情，仍然感到很骄傲，因为他是第一个把《共产党宣言》翻译成中文的人！那"宣言"与共产党同在，国人几乎无人不晓！而在我们复旦学子的心目中，更是把《共产党宣言》和陈望道的名字紧紧联系在一起，提到前者少有不想到后者。

此后在校园里，偶尔也有遇见先生的时候。他为人极为随和，师生见面，虽然他不认识我，只是点点头，没有过过话，我也是注目相看，心存敬意。最感荣幸的是，1965年8月我毕业时，他和我们班全体一起照了张合影。那天我们距离很近，他坐前排正中间，我就在他身后第一排，相隔只有两个人。后来从母校印制的画册里知道，我系此前此后的几个班，都没有得到如此殊荣。那张毕业合影，我一直视为至宝，妥为保存。2005年母校百年校庆时，我们班制作的通讯录里，把这张照片放在第一页，我们人手一册，每每使用通讯录，就如同见到陈校长。

但事实上，从毕业后到先生辞世的12年里，我就一直没有见过他。这次前往拜谒先生坟墓，正好是他逝世30周年。那天我们进了公墓大门，担心日落后影响照相，于是要了一张公墓示意图，再向门卫问明路线，就急匆匆直奔先生墓地。走进福寿园，仿佛进了一个大花园。据说福寿园占地800多亩，汇集了500多位已故精英名流的纪念碑和艺术雕塑。先生墓地的目标也是很明显，穿过两条小径，它就在眼前了。

先生雕像很让人神往：身穿呢子大衣，立在夫人蔡慕晖身边，神态雄姿英发，正当谋事年华。雕像两边有红色大理石制作的碑文，一边是生平简介，一边是功德碑，上有"革命先驱，万古长青"八字。借着夕阳的余晖，我把它留在我的相机镜头里。

立于先生雕像前，心中肃然而起崇敬之情。先生是革命家，又是学问家，又都是前驱者。作为革命家，他不仅是《共产党宣言》的第一个中文译者，而且参与了中共的创立，1921年中国共产党成立后，他是上海地方委员会的第一任书记。作为学问家，他精通修辞学、语言学，并自成学派。作为教育学家，他领导教育有方，培育桃李满天下。

此刻，我与先生相距咫尺，仿佛从未有过的近。端详先生的眉眼，我似乎看出，他心无憾事。先生西去之日，已是动乱结束之时。先生不满之象，也已在改革之列。开放的滔滔洪流，正在实现着先生生前的愿望。先生有点放心不下的，也许是后人对待马克思主义的态度。先生当年在家乡浙江义乌山区分水塘村故居旁的柴棚里翻译并在其后着力宣传的马克思主义，曾经点亮千千万万青年的信仰的明灯，时隔将近一个世纪之后的信众的心态到底会如何，想必是先生最为挂念的。可以告慰先生的是，马克思在1999年新千禧年前夕，被全球读者评为"千年最伟大的思想家"之首，他的思想贡献仍被世界所承认。学生在撰此小文时，还要向您补充报告，又一个10年之后，去年开始的全球性金融危机，让自由资本主义陷入了迄今为止最为严重的危机。马克思在100多年前写的批判资本主义的《资本论》，重新在西方市场热销，成为德国读者的热门圣诞礼物，连德国财长也成了马克思的"粉丝"。

先生翻译《共产党宣言》至今已近90年，马克思主义在这期间与时俱进地发展着。它没有止步，也没有封闭。全世界的马克思主义者，都在以自己的实践，不断地丰富着它。尤其在中国，它得到最坚定的坚持，又得到最具历史价值的发展。马克思主义的前驱者和继承者，各自做出了自己的贡献。

先生的功绩，学子未敢忘怀。站在陈望道先生墓前，我做了唯一的一件事，便是向先生行了一个鞠躬礼。

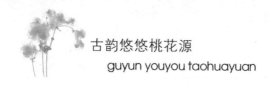

想起冰心的一次题词

1991 年仲夏，我供职的《人民日报》海外版，和南京的一家杂志社，联合举办一个散文征文活动，叫"金陵明月奖征文"。中秋节前夕征文结束时，我们请著名作家冰心老人为此项活动题词，以为纪念。时年91 岁的她，十分爽快地答应了我们的请求，很快写来以下词句：

"金陵明月征文纪念　但似月轮终皎洁 不辞冰雪为卿热 辛未中秋书纳兰成德句　冰心"

题词用毛笔书写，笔法潇洒，字体秀丽，署名之后还盖有一个印章，简约含蓄，别具一格。

我当时也是匆忙，囫囵吞枣，没有仔细解读题词中的含义。近日忽然翻出这篇墨宝，细读竟悟出其中些许意蕴。

清代词人纳兰成德词集《饮水词》中有《蝶恋花》一首，上阕为："辛苦最怜天上月，一昔如玦，昔昔长如玦。若似月轮终皎洁，不辞冰雪为卿热。"

纳兰成德是"清代第一词人"，风格有李后主遗风，有时也有雄浑大气之作。他同时又是个大编辑家，编选了许多大型诗词选本。可惜他英年早逝，31 岁就去世了。他喜用《蝶恋花》这个词牌，用它写过许多首词，上述咏月词，赞颂了月亮的风格，颇为精彩。月亮一夕如玉，夕夕都如玉，品质始终不变。冰心借用了后两句，讴歌了月亮的品格。这题词，对我们的征文活动，内容十分贴切，而且诗意浓郁，富有审美意义。

"不辞冰雪为卿热"，是月亮的风格。圆月给予人的，总是圆满、美好、理想，激励人们去向往，去追求。它虽有上弦下弦时，月初月末总是缺，但它言而有信终归会圆。它是宇宙中的自然现象，生活又何尝不如此。所以，它总是信守承诺，给人以力量。

"不辞冰雪为卿热"，其实也是一种精神。为大众，为他人，为朋友，奉献不辞辛苦，即如冰天雪地，都乐此不疲，在所不辞。冰心之所以书纳兰此词，想必也是她的心迹表示。

我与冰心有过几次交往，也求过她几件事，对她的这种纯洁如月的品格，有过亲身的体验和感受。

1980年，我受北京出版社之约，要写一篇关于冰心的报告文学。老人不嫌我年轻笔拙，抽了两个半天时间接受我的采访。我花了四五个夜晚，把12000字的文章写成后寄给她，两三天后，她给我写了封亲笔信，并亲自写了信封，把稿子寄还给我。信中说："只改了几处小地方。你把我写得太好了，我其实没那么好。"

1986年，我编辑一本文艺杂志，请她为其中一个栏目"我喜欢的话"写几句话。几天之后，时年86岁的她，给我寄来一稿，上面写着："我喜欢的话：淡泊以明志，宁静以致远；知足知不足，有为有弗为；海阔天空气象，风光月霁襟怀。冰心 三，十。"坦言个人的心境、处世的原则和追求的境界，素描了一个真实的自我。

1992年，就在上述金陵明月征文题词后，我们拟开办一个叫"我的老师"专栏，我请她写一篇1500字左右的文章打头。我满以为她会一如既往，赐我以稿，但她以"这样的文章已写过两篇"、1500字篇幅太短，不便抒情叙事为由，给我回信表示婉谢。她其实是怕以长文示范，坏了我们的篇幅要求的规矩。这事怪我办事太死板，没有说明留给她的富裕版面空间——她写长了我们也欢迎。

1998年，我受复旦大学出版社之托，让我出面请时年98岁的冰心老人，为该社出版的大型丛书《20世纪中国散文英华》

题写书名。此时她已是重病在身，已基本不会客，我深知此事难度大。但为母校，我还是硬着头皮通过她女婿先过话。让我高兴的是她同意了，并很快给我写来也许是她一生中所题的最后一个丛书书名。

说来也是巧得很，我几乎是每隔 6 年求冰心一次，她基本上都是有求必应。其实，她不光对我这样一个普通编辑如此，她从来都是热情助人，特别是扶植文学新人，推介年轻作者，为他们的作品作序、题词、题字，都是不遗余力，不少作家都曾得益过她的帮助和指导。

冰心喜欢霁月的襟怀，自然也坚持"有为有弗为"的原则。反复阅读冰心的这幅墨宝，眼前就不时闪现出她老人家的慈祥形象，而且同时辉映出一轮皓皓圆月。我心中不禁默默地读着"但似月轮终皎洁，不辞冰雪为卿热"。"卿"字，《辞海》有一解，说它是古代长辈对晚辈的称谓，朋友也以它为爱称。如此，我就更加理解冰心题词的意义了，她是在推崇一种无私的精神，一种乐于助人的风格。如此，我也从这题词中，看到了一位文学巨匠的品格：冰心，心如圆月！

季羡林先生留给我们的

季羡林先生逝世后，全国各地的媒体，连日来都陆续发布新闻报道、追思缅怀和人格成就的评论等样式的文字。我们注意到，许多媒体都分别用"大师"、"国学大师"和"学术泰斗"等衔称之。读着这些文字，心中有一个毫无疑义的认同感，先生当之无愧啊！

而这些桂冠，是两年前被先生辞掉的。季羡林先生自辞"国学大师"、"国宝"、"学界泰斗"等三项桂冠的消息见诸媒体后，引起社会广泛赞誉，不仅在学界、知识界，连普通民众都有口皆碑，称赞他的谦虚精神，表彰他的高风亮节。

此现象因季先生而起，社会的回响却超越了个人，其中意味耐人寻思。它不只是对一个人风格的肯定，更是对一种思想作风的真诚呼唤，呼唤一种精神的回归。季先生的《病榻杂记》出版后引起的议论，至今仿佛言犹未尽。

这里，我们且不论别人给季先生戴那三项桂冠是否合适，那里有学术的评价原则在。我只想说他拒绝世俗、排斥名利的高尚境界，扎实做事、不求虚名的谦逊之风。这是我们民族一贯倡导的风尚，也是季先生坚守的人生信条。先生虚怀若谷，他自辞桂冠的真诚表示，表明了他为人的谦和与清醒，与世俗划清了界限。

世俗观念之不可取，就在于其中有私欲。为了一冠一冕，竞技场上的争夺，是正大光明，名正言顺，我们不仅不反对，还要大力提倡。而为了一己的虚荣，并取之无道者，与此相距千里，则要受到鄙弃。其中有一种要不得的表现是自封，自封"著名"，自封"大师"，甚至自封"伟大"。

曾有一个所谓"诗人"，在他的一本诗集的"作者简介"里，公然自称自己是"伟大诗人"，引起诗界哗然。如果说这是个别现象，那么自封"著名"则不是罕见之事。在自制的名片里赫然印着"著名作家"字样，在自己主编的刊物中借别人的文章纵情称颂自己"著名"，更是屡见不鲜。这些现象都有悖于我们传统的谦逊精神。

对于别人给予的光环的自我感觉，是检验一个人的境界或品格高下的一种试剂。戴上一个"辉煌的光环"，有人感到很舒服，沾沾自喜，浑身飘飘然。季先生却感到诚惶诚恐，浑身不自在，他说：去掉了"辉煌光环"，就"还了我自由自在身，泡沫洗掉了，露出真面目，皆大欢喜"。两种自我感觉，反映了两种境界。

季先生"辞冠",包含着"求实"的精神。在"国学大师"、"国宝"、"学界泰斗"等社会赐予的光环面前,他非常理智和清醒。"国学大师",有社会机构进行过严肃的评选,有相对的学术标准;而"国宝"和"学界泰斗",则是没有明确标准的顶级荣誉称号。季先生冷静求实,从虚荣中走出,显示出一位严肃学者的一种风范。

提倡季先生的精神,学习他的风格,宣扬他的作风,在学界和知识界,都有很强的针对性,在更广泛的社会上,也有积极的意义。有一种意见认为,称赞季先生的"辞冠"一事,会否又给他戴上另一顶"冠"?这虽然也是一个视角,但却是不必要的担心。我们弘扬的只是一种精神,而这正是建设和谐社会的需要。和谐社会要有和谐的文化气氛,营造这种气氛,又需要假以时日,有信心还要有耐心。宣扬谦虚逊让、拒绝虚荣,完全是一种正面之举。当它蔚为风气之日,便是争名夺利、弄虚作假恶习远离学界知识界之时。社会期待此风的来临。

"盖棺定论",先生今日西去,人们不以他的谦虚论成就,而是以他的成就论品位。读着他等身的著作,望着他高尚的背影,我们领略到还有更多更多。先生留给我们的,不仅仅是著作。

与方成面对面

最近几年来,我习惯到社内小花园晨练,常与方成面对面。

日前和方成对话:"今年出几本书?""两本吧,都还在出版社呢。""总共有50本了吧?""有了。"

近十多年来,方成每年出书两本,并且经历着转型,由画家到作家。他用杂文和随笔的笔法,写出了十多本关于幽默艺术的理论著作，成功地走向了文学。

我们的闲聊，总是无章无序。那天，他忽然念起30年前那次文代会。他说，他听了邓小平的讲话之后，认定不会再打"右派"，就一连画了100幅画，并举办了自己的第一个画展。正是从那时起，他笔耕不辍，特别是离休20多年来，他作画又作文，给许多报刊开过专栏，按时按刻交稿，成了名副其实的专栏作家。于是有了50本书的成绩。

方成今年91岁，依旧锲而不舍地追求着。除了作文作画，还有旅游和健身，可算是他的三个基本点。他去年送我们每人一本书，叫《图解年记》，是他在2006～2007年的文事活动的照片，是老人在一年中的采风记录。照片显示，2006年1月～2007年10月，他以89和90岁高龄，踏访了十多个省市，南至深圳珠海厦门，北至祖国最北端漠河，或出席友人画展，或出任竞赛评委，或做学术演讲，笑谈幽默，或采风访古，会友赏月，或游家乡中山市，探亲见故旧。不少行程紧挨着，他如马不停蹄。读照片，可见他乐此不疲的情状，仿佛潇洒云游的神仙。他说去年不是最忙的，最多时一年出差21次。

健身也是他最看重的一项。我们大院的小花园，是个健身的好去处。这里有个晨练小集体，共有十二三个人，最小的69岁，最大的是他91岁。做老人操，他是坚持得最好的一个。近10年来，除了出差，他几乎天天都到，"闻鸡起舞"，是他的生活写照。他不仅早上来，晚上也常来。他似乎不在意这种说法：早晚空气不好，不宜锻炼。他是我行我素，无论酷暑寒冬，金台园里总有他的身影。他似乎更相信经验，晨练无碍他高寿！欠佳的空气，有助于锻炼抵抗力。

今年1月22日，北京气温骤降，到零下14摄氏度，是近6年来最冷的一天。昨夜来自贝加尔湖的五六级西北风，呼呼啦啦，其凛冽之势，让人感到刺骨之寒。天还只是麻麻亮，老人操队伍，还是到了3位，其中竟有方成！他们依旧做着规定的动

作，寒风中没有"偷工减料"，也没有忘记闲聊开玩笑。"今天'鸟会'也不开了。"花园东南那几棵洋槐树枝头，平时这个时间，有许多小鸟如期而至。方成给它命名为"开鸟会"。而今天，"鸟会"竟然没有准时开，想必也是怕冷所致。

清明节前，每天领操的74岁的"教头"，回老家扫墓去了。我们几个七八十岁的老头儿，竟没一个记得起那操的全部动作，无人能接替"教头"。只有方成记得，他于是成了"领军人"，大家戏称"七下九上"。自称"连小组长都没当过"的他，竟在这里当了好几天的"头领"！

4月16日那天上午，他要乘飞机到广州，回老家中山市——近年来他几乎年年都去一两趟。而这天早晨，方成又按时来到金台园参加晨练。"您怎么还来呀？您不是今天出差吗？"大家都没想到。"开车时间还没到呢。"他边说边脱外衣，做完操才去机场。

方成旺盛的艺术创作力，得益于强健的生命力。体健源于心宽，他心无愁事，脸无愁容。他脸上很"透明"，总写着一个"乐"字。他耳朵有点背，本是一件憾事，但他不以为然："好啊，我好话听不到，坏话也听不见。"晨练时，别人轻声的议论他听不清，因而很少插话，但问及他感兴趣的话题，他会以笑话参与"话疗"。某日，他面向东南斜向而立，"你为什么这么站？""对面亭子里有俩女的！"大家一看是俩老头儿，于是一场大笑。

我们这群晨练者中，有离退休编辑、记者，也有行政干部和工人，彼此相处得很融洽。没有地位高低，不分职业尊卑。方成每次出书，常常是人手一册。他年纪最长，签字上款却都称"××兄指正"。

方成成就卓著，蜚声天下，却不是刻意地追求而来，仿佛一切都在一不留神中。他说他年轻时爱好很广泛，看小说、唱京戏、练体操、听相声、画漫画，曾想学医，也研究过化工，最终成功的是画漫画和写作，并成为放不下离不开的营生。谋生靠它，养生也靠它。他自我调侃："非学画者，而以画为业。乃中国美术家协会会员，但宣读论文是在中国文化学会。终生从事政治讽刺画，却因不关心政治而屡受批评。"

他是离休干部，这待遇也不是他刻意求得。他于1949年9月底从香港回到北京，同行者大都先游玩，而他却于30日先到单位报到，第二天到天安门观礼台参加观礼。后来国家规定：国庆节前参加工作的享受离休待遇，他报到只比别人早一天，待遇却比别人高一大档。他淡看此事，我们则视为他的幸运。

方成自己，倒是很珍视他健康长寿的幸运。他说："人活着实在不容易。我经过多年战乱，跑警报，逃亡，再加上几十年来回的折腾，孩子们的妈没顶住，先走了！我居然活到90岁，应该说是很了不起的幸运。所以我总觉幸福，就乐乐呵呵地接着活下去。"

方成的精神生活很丰富——经常积累和思考幽默的素材，做讲学和写作之用；他的物质生活却很简单——自己不喜上饭馆，最乐在家里喝稀粥，咸菜咸鱼是美味。吃喝简单，清心寡欲，没有脾气，和蔼如佛。寿星方成，养生有道，道在心，也在口。

前年夏天的一个早上，连续阴雨了好几日的天空，忽然露出了晴意。不知谁无意中说，今天照相倒不错。"对！"方成应声响应，并马上转身回家（高楼第10层），拿来一个新款微型数码相机，给我们照了多张合影，然后亲自送到照相馆洗印，3天之后，即七月初七"情人节"那天早上，给我们每人送了一张。为人认真而周到的一件小事，透出一股有热气的人情味。方成时年89岁！

每天和方成相处，每天看他读他。他的闲谈话语，零零星星，他的行为情状，点点滴滴，展现于我们面前的，不像身居画坛高位的"大师"，不像非高价请不动的名流，而更像脚下毫无台阶的一介平民。天天与凡辈为伍，给人的感觉，他不在云端，也不在殿堂。他的言行做派，均属平常，也许正因为如此，我们不少晨练之友，都毫无顾虑地直呼其名：方成！

丁聪的超越

丁聪常说，他来世上走了一趟，很高兴做了一件事，这就是画了一辈子漫画。画了一辈子漫画的人很多，但能实现具有不凡意义的超越者却不多。丁聪走了，带着让读者无限留恋的"小丁"这个名字走了。他画了那么多好画，拥有那么多读者，他应该无遗憾了。

28 年前，上海《书林》杂志约我采访丁聪，并写一篇专访。丁聪的妹妹与我同在一个单位，我通过她与他取得联系。他爽快答应我去他家，采访之后还送我一本书，名为《阿 Q 正传插图》。丁聪告诉我，这是他第一次为鲁迅作品画插画，也是第一次为文学作品画插图。

翻阅这本具有经典性的作品方知，当年年仅 28 岁的丁聪，他的两个"第一次"，竟都实现了一种超越，在艺术上做出了惊人的创造。

《阿 Q 正传插图》于 1944 年出版，他送给我的是 1979 年的再版本。书的扉页上，有他写的几行毛笔字："感谢韩羽同志，居然把这本粗糙的东西，保存了 30 多年。"插画的前面，有景宋（许广平）和茅盾等写的序。景宋和茅盾在序言中对丁聪的这部作品，都给予了很高的评价。景宋称赞它"是佳作之林中的一本"。茅盾说："二十四幅画，从头到尾，给人的感觉是阴森而沉重的。这一感觉，我在读到其他的阿 1 画传时，不曾有过。我是以为阴森沉重比之轻松滑稽更能近于鲁迅原作的精神的。"

茅盾的评价准确而具有经典性。他的话是针对当时充斥戏坛和画坛的"阿 Q 戏"和"阿 Q 画"而言的。他说，他觉得当时舞台上出现的阿Q不止一个，有的虽然"还是鲁迅笔下的阿Q，不过不全，不是整个的阿Q，而是某一特点虽然颇为显著而其他特点却又不够鲜明翻版的阿Q"，"对于图画上的《阿Q正传》，我也有同样的感想"。

鲁迅的《阿Q正传》发表以后，轰动了当时的文坛。许多戏剧艺术家和画家，竞相演阿1、画阿1，但大都未能忠实再现甚至歪曲了原著的精神。例如，有人把阿1塑造成一个滑稽可笑的人物，有的人甚至给他戴上一顶瓜皮小帽，对此，鲁迅自己也是不赞成的。他说他写《阿Q正传》，"实不以滑稽或哀怜为目的"，他对阿1，是"哀其不幸，怒其不争"。他塑造这个不幸人物，"意思是在揭出病苦，引起疗救的注意"。茅盾是了解鲁迅的，所以他说丁聪的"阿Q画"，"给人的感觉是阴森而沉重的"，并认为"阴森沉重比之轻松滑稽更能近于鲁迅原作的精神"，这评价无疑是十分正确的。

那些没有塑造出一个"整个的阿1"的戏或画，大都是因为没有真正理解鲁迅的创作意图，因而没有把握阿1这个典型性格的丰富性。阿1的性格，复杂而深刻，矛盾又统一。把这样的典型简单化、表面化，就会如茅盾所说："使人只感到滑稽可笑，或者寿头寿脑，而看不到阿1性格中的悲剧的素质。"鲁迅把国民中许多弱点，坏脾气、坏习惯，集于阿1一身。阿1的这一性格，是时代和环境影响的结果，他的悲剧也是一定时代的产物。鲁迅塑造阿1这个悲剧人物，心情是沉重的。他抨击了那场不彻底的资产阶级革命，哀叹不觉悟的农民阿1成为它的牺牲品。深沉的主题，让人先笑后哭。丁聪的《阿Q正传插图》，有"阴森而沉重"之感，正是他准确地把握了鲁迅想要表达的主题。

这是他第一次为鲁迅的作品画插画！才智何其突出！在许许多多的"阿Q戏"和"阿Q画"中，丁聪的脱颖而出，第一次让人看到一个"完整的阿Q"，绝对是一个了不起的超越。茅公当年写序时不兴使用"超越"这个词，但他所表达的其实就有这个意义。

丁聪所说的"第一次为文学作品画插画",其超越性意义也是毫无疑义的。当时,也有一些画家开始从事漫画连环画的探索,要在绘画和文学的连接上找出一条道来,但他们的成绩都难以与丁聪比肩。丁聪选择了一部最难再现的作品——鲁迅的代表作《阿Q正传》入手,用二十四幅画再现了一个文学典型,第一次在绘画和文学之间,成功地搭起了一座桥梁。这样,他和他的一些同仁,就开创了漫画连环画的先河,在扩大文学影响、提高文学价值的意义上说,丁聪也是做了功不可没的贡献。

"漫画界功夫如此,仅一人了"。华君武对丁聪的评价,表明了丁聪在漫画界的突出成就和地位。一个艺术家,能够在自己的艺术领域,实现一个具有时代价值的超越,他的人生也就具有非凡的意义。丁聪做到了,谁能忘记他?!时下褒义词贬值,一个小进步、小提高,就常被人冠之曰"突破"或"超越"。而丁聪的超越,却是真正非常人所及,后人寡有超越者。卓越丁聪,名副其实,当之无愧。

老实人沈从文

行伍出身的沈从文,形象却是老实巴交。他的朋友梁实秋,就曾描写过年轻时的他,说他面目如女子,态度温文尔雅,见了人总是低着头,羞羞答答的,说话也是细声细气。

他笔下文采斐然,嘴巴却是不善言辞。他初登讲堂教国文时,事先准备了足可讲一个多小时的教案,但上台后面对黑压压的一片人头,他三言两语就把话说完了,搞得好不尴尬。

他追求名门闺秀、他的女学生张兆和,全仗以笔代口,每天一封情书，但初始没有赢得她的爱，反而惹得她厌烦，以至她抱着他的情书去找校长胡适，要求阻止其纠缠。要不是胡适力劝张兆和，玉成其事，这婚姻也未必成得了。

1925 年 11 月 11 日，沈从文的一篇散文《市集》，被刊发在《晨报副刊》上。编辑徐志摩为此文加了一段按语，称赞它是一幅美丽生动的乡村画，说他的笔"像是梦里的一只小艇，在波纹瘦鳞鳞的梦河里荡着，处处有着落，却又处处不留痕迹"。

读了这篇按语，沈从文的第一感觉不是兴奋，而是心中忐忑不安，好像做了一回小偷，办了一件不道德的事情。他立即给徐志摩写了封信，声明他的这篇作品，是先送给《晨报》，后因"久不见刊登"，被另一家刊物拿去登过，而后又被某刊物转载，这回刊出是无意中造成。但"小东西出现到三次，不是丑事总也成了可笑的事"！直到徐志摩给他回信，声言"不碍事"，他才感到些许的平静。沈从文如此谨小慎微，有其处境的原因。他小学没毕业，就在家乡湘西军队里当兵，后来跑到北平来，考大学没考上，只做了北大的旁听生，写作纯属自己的爱好。没有大学文凭，没有多少资本，就使他凡事循规蹈矩。好不容易发表了点文章，也就格外珍惜这一来之不易的现状，唯恐由于自己的不慎而失去它。

因为徐志摩的推介，沈从文的声名鹊起。他的创作从此如日中天，成为著名作家。但解放后，由于历史的原因，他戴着"自由主义者"的帽子，乃至"反动文艺家"的恶名，被分配到历史博物馆工作。他从此夹着尾巴做人，不再写文学作品，却走进了另一个领域，研究文物，从事考古。

人们曾经常说一句话，叫"干一行爱一行"，这是老实人的品格，沈从文也是按此行事的。尽管有种种事情使他不快，他还是安于职守，苦心钻研，并写出了《唐宋铜镜》、《龙凤艺术》、《中国古代服饰研究》等极有价值的学术著作。不过，他放弃了他钟爱的文学，我们还是为他惋惜，也为文学惋惜。

沈从文写过一篇随笔叫《老实人》，他说："这年头儿老实一点也好，因了老实可少遭许多天灾人祸。"这是现实社会的真情，也是他内心的自白。有此想法，于是才又有给中央美术学院讲课的 150 元讲课费他不要，领导要他当北京市文联主席的提议他婉拒之类的事情。

点点滴滴，塑造着沈从文。他堪称老实人吗？政治家怎么看？文学史家怎么看？道德学家又会怎么看？然而，仁者智者，又何需同一！

不熄的荒煤

听说荒煤老人仍然住在医院，只是不知近况如何。中秋前的那个周末，我前去看望他。

走近他的病榻时，只见他仰卧着，双手搭在身上洁白的被子上，神情平静，面容安详。中国社科院的严萍女士大声告诉他我的名字，老人转眼看着我，我坐到他的床沿时，他伸手握住我的手，不住地看着我，但没有说出话来。

严萍说，老人眼睛看不大清，耳朵也听不见。但此时，我见老人用手寻找东西，女看护过来，拿给他耳机，并帮他插在右耳里。但耳机出故障，响着"吱吱吱"的噪声，严萍给他调整，仍然不管用。看护说："不用它了好吗？"老人没同意，自己拿来摆弄摆弄，再往耳朵里塞，噪声还是烦人地响着。几经调整不解决问题，他才同意作罢。

此间，老人大概断断续续地听到我的一些话，便问我："还编海外版吗？"我说是。我借着严萍冲老人耳朵大声重复转述之便，向老人说了些问候和致意一类的话。他静听一会儿后，突然问："《我和茅盾》出了吗？印了多少？"我一时没听明白什么意思，严萍却大声笑着说："搞错啦，不是他管的事！"严萍又对我说，老人的思维经常跳跃，有些事儿记不清了。

不过在我，却感到老人心中记事颇清，没忘记未了的大事，也没忘记为他人所做的事情——这也是他的一贯作风。

我想起今年年初的一件事。1月20日，荒煤老人从医院派人给我送来一本诗词集，作者是深圳的李伟彦。老人为此书写了篇序，文中谈到周恩来总理关心文化建设的事情，他在给我的信中表示，希望《人民日报》海外版登一下。我们读后认为不错，定于第二周发排，下月最近的一期文学副刊上发表。我一时疏忽，没有及时把安排告诉他。半个月后，他未见回信，以为是"发表有困难"，便又给我写了封信询问。我知道是由于我的怠慢，使老人着急了。于是立即写信，并把大样寄给他。他看到大样后又给我来信，信中有几句话："年过八旬，已成废人，偶有短文，仍希望发表一下，略表对文坛的挂念与爱心。"这话里，流露了荒煤老人对文坛文事的无限牵挂之情。

荒煤同志于63年前步入文坛，从事文学创作，尔后又一直在文坛的领导岗位上，做着文化建设方面的种种工作。他关心着文坛，又以自己的12本著作，充实着文坛，并以高度的热情扶植着文坛新秀。文坛的建设、新秀的成就，都是他经常谈论的话题，也是他不时关注的事情。我读过他给许多青年作家的著作写的序言和评论文章；在许多作品研讨会上，我常听到他对青年作家的创作所做的热情评论。他的发言，总是一板一眼，从容不迫，缓缓缕述，娓娓道来。关切之心，见于字里行间，帮扶之情，融于恳切的言辞之中。

文学评论家顾骧先生主编一本书，约请一些写散文的作家撰文谈自己喜欢的散文。我效法"南郭"，写了篇《读荒煤的〈告慰丽尼〉》交卷。4月上旬，我寄了一份小样给荒煤老。他读后给我写了封回信，他说："我终究是个'打杂'的，所写的散文

很有限，除了抒点真情，讲点真话外，也是给历史留下点脚印。称散文家实在不够格。你总的评价有些'过誉'了，有些年轻读者不会接受的。"作为中国作家协会副主席、出版过4本散文集，并以《荒野中的地火》一书荣获首届全国优秀散文集奖的作家，荒煤老人评介青年作家的作品时总是洋溢着如火的热情，而谈及自己的作品，却如冷却在冰箱里。

荒煤同志从事文艺工作60多年，一直没有搁笔，连住院一年来，也没有停止文事。据严萍女士说，荒煤老近期最关心的事情，是夏衍电影剧本征文奖、夏衍电影荣誉奖，因为这些活动都有利于发现和培养新人。为此，5月上旬他抱病出席了"夏衍电影剧本征文奖"的发布仪式。这些日子，他说他常做梦，不少内容与此有关。

荒煤老不愿意停下自己的笔，但病魔逐渐逼迫他力不从心于文章之事，他终于开始感叹自然规律的无情。就在4月他给我的那封回信中，我感到了这一不情愿的无奈的感叹："人终究老了，已进入83岁，住院已半年了，估计还得住两个月。也真写不了什么了，读你文不能不感慨万千！"尽管如此，他还是勉力为文，一个多月前写了篇文章，谈夏衍电影剧本征文事，国庆前发表在《人民日报》上。可惜报纸送到他那里时，他却因过于虚弱而昏迷了，3天之后才又睁开了眼睛。那眼睛，想必是希冀，想看看他极为关心的、即将召开的作家代表大会，想必也是希望继续挥动他那支多彩的笔，那支曾有梦之歌，曾有冬去春来的理想，曾有荒野中的地火的笔。

荒煤不曾去北大荒挖煤，却以自己的不熄的燃烧，给人以热，给人以光。

前年9月，荒煤老因病住院时，我曾去看望他，并以上述意思撰文寄老人，寄去一份祝愿，一份期待——祝愿他燃烧不熄，不熄燃烧！不料他不久便驾鹤而去，留给我辈的只有一份深深的思念！

心存的敬意

最近搬家，最艰巨的劳动，大概要数搬书。那几架藏书，价贵量多且重。整理、分类和装箱，需要特别认真细致，因而也格外费神费劲。

但干这活儿也有一种享受，那就是重温友情的温馨。我的书有一部分是编者、作者和师友的友情赠予。他们以倾注了自己心血的作品相赠，是一种友情的表示，它的分量难论斤两。翻阅这部分图书，时有敬意油然而生。

袁鹰同志原是我的同事、领导，也是我的师辈。他已出版了40多种书，可谓著作等身了。我到他麾下工作之时，他仍坚此前的做法，每有大作问世，总要给部下分赠，每人一本，一视同仁。后来我到了别的部门工作，仍不时见赠。有时一年一本，有时一年两本。他业务很忙，社会工作也很多，仍如此高产，光这精神就很令人敬佩。

他当文艺部主任，工作尽心尽责，审看大样不马虎，不耽误。看过的大样，亲自送到组长或编辑手里。他为人和善，和部下关系融洽，少闻有不愉快的事。

还需特别一提的，是他的沉重的家庭负担。他今年76岁，3年以前，老父亲多年住在他家，他挑着赡养的担子。他夫人身体不好，多年休息在家，最近又骨折，需要他照顾。最让他操心的是他女儿，她从小有残疾，不能自己行走，十几年前在报社院内找到一份工作，袁鹰同志每天和小保姆一起，推着车送她上下班，风雨无阻。每当我在院里看见这个镜头时，眼前就出现一个伟大父亲的形象。袁鹰同志一肩挑着三副重担，无论为父、为夫、为子，都堪称模范！

袁鹰本姓田，名钟洛。我们都以"老田"称之。他在内部签署均为原姓名，赠书则具"袁鹰"。他善写儿童诗、散文、杂文、随笔和传记文学，也写了许多独具特色的文艺评论，是文坛中著名的多面手。但他从不以高人自居，常见的是真诚的谦恭。他在给我的书的扉页上，常用"存正""惠正""教正"和"哂正"一类谦词，而在小说散文集《泥河》一书上却写了长长的一段话："这是青少年时期的习作，所谓'穿开裆裤时代照片'，幼稚浅薄，不值一笑，或者仅可作为了解旧上海的一点儿小小资料罢了。"我读过其中一些篇章，说"穿开裆裤"纯属自谦，说它是"时代照片"倒是恰当。他关注生活，描写生活，并以此作为自己创作的准则。他的散文《泥河》，形容当时如同"孤岛"的上海，日子是"一条污浊的泥河"，生活是"一连串的谎语"，他曾"徘徊在陋巷里"，借"薄醉踏着凉月归去"，感到"有泪无处流"，但在风霜雨雪里，他看到了青青的萌芽，他于是相信，希望毕竟不是写在水里，他对着萧萧的秋天歌唱了。这其实是很有韵致的散文诗，思想性艺术性俱佳。这是作者60年前的作品啊！

去年，袁鹰又以新作《秋风背影》，赠给我们夫妻两人，扉页上以他那敦厚有力、自成风格的书法，题写了一首诗："秋风送背影，泉下故人多，劫后幸存者，怆然感逝波。"作为"沧桑文丛"的一种，本书是他的纪实文学集，所写皆当代文化名人的沧桑经历。他以凝重、雄浑和沉郁的笔触，描写了一个时代的种种风浪和逐浪于其中的各色骄子的坎坷命运，笔下有情有谊，有人有物，大处着眼，小处着笔，与主人公同着呼吸，同着悲欢，笔到紧要处，纸上如有泪。读着《秋风背影》，如见逝波重现，大手之笔，令人心折。

我此前常常瞎忙，少有机会细读师友赠书，甚感歉然。日前出差，我带了两本散文在旅途浏览，其中一本便是《袁鹰散文六十篇》。在外地读我师、我友之作，如见其人，如闻其声，别有一番感觉。珍藏师友大著，实乃珍藏一份友情，一份敬意。

家已搬迁完，书已整理好。立于书柜前，我眼前忽然闪现出，一排贤师、贤友、贤兄和贤弟，他们让我敬意肃然。

我的师傅老艾

30日早上做操时，传来一个噩耗："艾铁民走了！"我一阵惊讶：他是我师傅啊！回家之后，我决定马上到他家看看。

我很后悔，没有提前几天去看他。今年春节前夕，我给他送过一本书，春节期间我又给他挂电话拜年，他在电话里给我说了一些鼓励的话。听得出来他话音比较微弱，显示出健康欠佳，但我没有想得太严重。我最近又出了一本小书，后记里有一段话，写到老艾的老伴吴元英的敬业精神。我准备送他们一本，题款都写好了："艾铁民吴元英前辈雅正"，但我没来得及送去，老艾却走了，不是可惜他没看到我的小书，我只是后悔没借送书之机看他最后一面。

上午8点半我就骑车前往，老吴开门接待我。还没有说话，我便感到一片沉重。虽然没有所谓"人去楼空"那种感觉，但两位主人走了一位，就分明有一点儿冷清感。老吴一时的孤独，我能想象得到。她说没想到他走得那么突然，她指着她右手边沙发头的位置说："他每天晚上就坐在这儿，跟我们一起看电视，直到11点。"她哽咽着说，显然很怀念这样相依为命的日子。

我摸了摸我身下的旧沙发，看了看老艾曾经享用的电视机，环视一下眼前再简单不过的陈设和灰暗的墙壁，以及脚下那片踩了50多年已毫无光泽的水磨石地板，心中不胜感慨。他原本住2单元的3室一厅，"文革"中有关部门说他们住得太宽了，叫他们腾到现在的两居室，他没有力争一词，就老老实实地搬了。（后来落实政策，给他补了一间简易房）。老艾好人一生，敬业一生，简朴一生，谨慎一生，也老实一生。在我心中，他带走的是曾经活跃于篮球场上的身影，留下的却是老实人生的亮光。

老艾是我的前辈，更是我的师傅。1966年4月，我从工商部调到总编室做夜班，跟着老艾编辑第3版。他当时是行政15级的资深编辑，我是没有级别的见习编辑。他朴实、和善，总是面带笑容，让我敬而不畏；他拟写标题，颇得要领，准确而得体；设计版面，妥帖、快速而精确。他带徒弟，重行不重言，我心里默记的，也正是他的行。他和拼版师傅相处融洽，每天总要站一个多小时，陪拼版师傅拼版，不合适就随时修改，尽量减少工人的麻烦。从他那里，耳濡目染，我学到了版面知识，也领略了一种作风。

1967年秋天，推广贵州某棉纺厂经验，停止打派仗，实行大联合。老艾和我被指派到北京各单位采集这样的素材。我们每天都骑车出门，无论企业事业，机关学校，稍具规模的，都进去转转，或看大字报，或找人采访。从早8点到晚6点，中午找个小饭馆，买碗米饭或两个馒头，一盘便宜菜。如此半个多月，几乎走遍京城几个区。他比我大十多岁，但整日骑车从不说苦和累。我没有采访经验，一切跟师傅学。师傅稳重谦和，没有架子不摆谱，即使是造反派脾气十足的对象，也很乐于配合。我后来每在采访时，老艾的形象便常常跃现于眼前。

说来或许是有缘，编辑和采访两种业务，老艾都是我最早的师傅。我见而习之，日渐长进，其中都有老艾的作用。"师傅领进门"，虽说"修行在个人"，但师傅功不可没。要登堂入室，离不了师傅的钥匙。每念及自己的些许进步，我就难忘我的领门人。

老艾是师傅，也如朋友。也是"文革"中的某一天，我因几张点我名的大字报而不快，情绪明显低落。老艾见状，约我出去走走，在全聚德门前至协和医院西门那条路上，走了一个来回，他耐心宽慰我，帮我纾缓情绪。我感受到温暖，对他便备感亲近。

许多年之后，我们报社东迁，我也调了工作岗位，老艾也升了职，但我每次与他路遇，他依旧是他，待人热情不减，朴素作风无改。偶尔碰见他的部下，他们对他的评价基本一致："老艾是个好人！""是个老实人！"这就是他赢得的口碑。

老艾带着这口碑走了，但他给我留下一种念想，这念想总让我回味，连同他那和善形象，都挥之不去。老艾是我老师，当时却称师傅，那是"文革"中的时尚，那时"工人阶级领导一切"，工人中的称呼也就很正面。"师傅"之称，既显尊重，又合潮流。我如此称呼老艾，也是一种心声，所以至今未改。

我们夜班编辑组的师傅，还有钟立群、王青、徐长荣等。但他们都已先老艾而去，而且都是在走了有些日子之后我才知道消息，错过了最后见面的机会。我至今想来，仍深感遗憾。我们夜班编辑组的前辈们，对我都各有教益。一技之师，受益良久，师傅风范，我铭记于心。这里，我一并表示深深的敬意。寄意无途，专此为文，以表此诚。

享受优待

人退休了，好些事情不再需要你做了，好些场合你也随之淡出了，人走茶凉，也是很自然的事。但也有些地方，如博物馆、纪念馆、体育场馆、电影院，地铁和公共汽车车厢等场所，却从此对你热起来，给予你许多关照，诸如免费或半价售票以及让座之类的优待；公园最是热情，你若花 50 元买张年票，可让你随意进出市属的 12 家公园。我有好些朋友，几年前就买了年票，每天或每周去一趟，足享了优待的好处。

我退休好几年了，却没有想到去享受这份优待。直到今年春节过后，受朋友的鼓动，我也买了一张公园年票。但我缺少去闲逛或晨练的冲动，头 4 个月里竟一次都没有去过。5 月 3 日同学聚会，地点在中山公园，那天门票因节日提价，由 3 元涨到 10 元，我却没想到带那年票，无法享受免费的优待，未能体验公园的善意。

这几年，因为华发如霜，在地铁里和公共汽车上，倒是常常享受到让座位的优待。有时一上车，售票员就先说了："哪位让让座，给这位老同志！"我其实也没老到非坐不可的地步，我从住处金台路骑车到颐和园都没问题，并不在乎在车上站三十几分钟！但年轻人既然让了，我客气两句也就坐下了。有时候，年轻人一看到我这头发，就主动站起来让座，那真诚颇让我感动。

我丝毫不否认，不让座者也确有人在，但我这里想说的是，不论让座者有多少，它总是社会的光明面。我们接受让座这类优待的人，心情应是满怀感谢之忱的。花同样多的钱买一张票，有座位谁坐都合理。像我这种人，除了头发白一点儿，看样子体征还健，让你座是客气，不给你让座也算不了什么。因此，说真的，我每次坐下时，总要抬头看看那让座者，想读出那脸上的善意和淳朴。有一次，一位年轻人先我两步上车，找到一个座位坐下，回头看见我，立马站起来让我坐，转身站在另一位置；过了一站他身边空出一座位，他刚坐下，又看到一位六十多岁的妇女上车，他又把座让给她。看得出，他是随时注意着更需要座位的对象。他不是刻意要表现自己的什么，只是本能地用行为写出四个字：我应该的。

礼让老人，原是一种公德，一种社会规范，一种自觉的行为。实行者没有私利，从来不求回报。像公交车上的让座者，没人知道他姓甚名谁，本单位也无人知道他在车上做过这好事，光荣榜上没他的名字，年终总结时没人说他这优点。他做了好事不留名，为人只是随良知。这是一种境界，是敬老让老的传统精神的承传，我们的反馈也应是由衷的谢忱，而不该不做任何表示就泰然落座，做理所当然状："就该我坐"。

作为接受礼让优待者，我们应该摆正一种心态。不要指望年轻人都给你让座，更不能逼视着身边的小伙子，愤愤然发出无声的责怪：你怎么不给我让座？心中暗骂人家不懂礼貌。其实，我们也需有一种境界，即宽容社会进步的进程，理解社会文明的不能一蹴而就。要人人都把礼让看作应有的行为准则，形成自觉敬老的社会风尚，还要有一个不短的过程。我们要以平和之心，去对待乏善的行为。精神世界的事情，怀柔比强制更能奏效。善心善态，老人之道。心内平和，则心外谐和。和谐即"如乐之和"，需各方协调，方能产生艺术美。

随着社会文明的发展，老人无疑将会受到更多的优待。但我国目前还在社会主义的初级阶段，精神文明建设也还在渐次的发展过程中，社会给予老人的优待项目还不太多，优待的程度也还不太高。我们享受优待者，不能期望过多。不久前我在英国参观伦敦蜡像馆，他们对老人的优待，也不过只是少收1/5的门票钱而已，看电影我还未见有像北京现在那样的半票优待呢。

尽管有人说公园卖年票有商业促销的成分，但我认为，我们应该更多地从他们对老人的关照的角度，去理解它欢迎它。对我们社会的文明现状，多一点儿现实的眼光，多一点儿宽容的谅解，以喜悦之心去看待每一微小的善举。享受他人优待，需要多看他人的善意。若此，我们便可迎来更多的善行，营造更多的和谐。

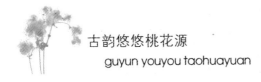
又到清明

时届清明，又想到母亲。母亲的一生，有太多的遗憾，让我至今想来，都会耿耿于怀，念兹在兹。

最让我伤怀的，是她去世得太早，才活了 28 年，太短促的人生！人生多难，却也多彩，她有许多理由，经历沧桑，阅尽变迁。尽管战事频仍，当年的平均寿命也有四五十岁，何以那么早就让她上了黄泉路？她渴望生命，留恋人间。她辛辛苦苦生我育我，还远没等到我自立，便因贫病而永远地去了。我深知，她是不会瞑目的。她生前没有享受过日不愁三餐、夜不愁风雨的生活，更没有见识过现代文明。她太不幸了，也太没福气了！

我对母亲没有做过丝毫奉献，没有给过点滴回报。她弥留之际，我只有 4 岁，连一杯水都不曾给她端过，她枉生了我一副身躯！如果她不早逝，尽管世事多么艰难，也会有这样那样的磨难，但人间总有阳光在，生活总有欢乐时。如果她健在，今年该是 95 岁了。儿子纵然不能尽孝，也会让她尽可能好地领略人生。然而这种心愿，如今只能是一种空许，没有实现的可能。心有余而力不足是一种遗憾，而今我心力都有，就是无缘尽孝，细想便更感心伤。

不仅如此，母亲还太过于孤寂了。她于 1943 年我 4 岁时，客死他乡广州番禺，并葬身于当地的大岗镇，墓地离家乡几百里。她孤魂在外，六十多年的游荡和漂泊，难得与亲人神会，连一年一度的清明节，她都难与周边的朋辈相比，享受不到祭品，也领略不到儿孙的温情。

她逝世 16 年后，我考上了上海的一所大学。路经广州时，我曾想前去番禺看望母亲的墓地，给她一个让她惊喜的消息，也慰藉她那孤寂的心灵。因为路费等原因，我终于没有去成。"文革"期间，我又曾到东莞调查研究，回京时路过虎门，面对西岸的番禺而未能前往，我禁不住泪滴车窗外。

　　1995 年，我和姐姐带着两个外甥，驾车专程前往寻墓。车到番禺大岗母亲坟墓所在的小山下，谁知这里竟早已陵迁谷变，只见高楼，不见坟茔。我们只好于坟墓大概所在的对面，留下一张集体照片，希望母亲的在天之灵，也能走进我们的合影中。

　　我们是在 1948 年冬离开这里的。那年，父亲决定要结束游子生涯，带我们姐弟回原籍梅州大埔。动身的头几天，他领我们姐弟向母亲辞行。在母亲墓前，他说了一句让我铭记终生的话："记住这墓碑，'大埔张锦娘之墓'，长大了要常来扫扫墓。"让我无限惭愧、并常常自责的是，我未能遵照父亲的嘱咐，常去给母亲扫墓。但我心中还是挂念着，不敢有所忘怀。

　　去年秋天，现居深圳的弟弟，要回家乡为我 88 岁的继母做生基（家乡民俗，为年事高者预修的墓地），准备把我父亲、母亲和继母仙逝后合葬于一墓。我寄去了一些钱，墓地也基本修好。年前，我有一个前往番禺采风的机会，我打算乘便再次寻访母亲墓地，并邀姐姐、弟弟同往。

　　那天早上，我们 3 位文友和番禺宣传部的朋友一起喝早茶，提起我要寻找母亲墓地的事，并转述了我父亲的话，刚说完便控制不住哽咽起来，一时语凝噎。不知为什么，我年到古稀，情感竟是忽然脆弱起来。我平时并不是轻易流泪的人，真是不好意思！

　　"这事很容易，我们帮你给大岗打个电话，请他们给查一下民政记录，看看那年迁的坟，迁到哪里去了。"番禺朋友的话很让我感动，也很让文友柳萌兄称许，他说："你得到政府官员的支持，很不容易，事情也好办多了！"

　　广州的一位小学时的校友黄兄，曾在大岗工作过两年。他从我的书中得知，我母亲的墓在大岗，并知道我寻墓心切，便主动帮我联系，寻找朋友相助。我到番禺之日，他更是亲自带来一部车，准备陪我寻找墓地。"不孝顺父母的人，我不愿跟他做朋友！"他的一句话，我几乎要把它看作人生格言，它把我们的距离拉得很近很近。

那天，在番禺朋友和同学黄兄的带领和帮助下，我们终于来到那座小山上——一个已经美化得像个花园的所在。我们姐弟都确认了，母亲坟墓大概就在这里。墓碑虽然没有找到，但我们却有了却心愿之感。我们又照了许多相，这回我深信，母亲一定会入相了，她将会随我、我姐姐和弟弟，彻底告别这里，回到阔别了将近80年的家乡，安息在青山绿林中。那天，我心中的沉重，减轻了许多许多。

窗外柳叶飘摇，清明在即。我准备好了，届时我将面向南方，心祭父亲母亲的在天之灵！儿子不孝，无所供奉，谨作此文，以代三牲。

永远的心碑

一、心祭

时届清明节，我的心便禁不住沉重起来。这颗自认是坚实有力的心，总是感到载不动那越来越重的怀念——它系着我母亲那远去四十多年的身影！

四十多年的诀别，四十多年的思念。多少次想到母亲的墓前，向她鞠几个躬，道几句抚慰的话，为她的墓拔一回草，让她得到心头的舒展。但这一愿望一直没有实现，我未能尽人子之孝。因此，每年清明节过后，我心中便陡然增加一分惆怅、一重愧疚！

四十多年前，母亲辞世在珠江三角洲，葬身在番禺的大冈镇——这不是她的故乡，而是为谋生而寄居的客地。

母亲是因病去世的，告别人间时不到 30 岁。我那时才 4 岁，还不识人间愁滋味。朦胧中，只记得一个镜头：躺在床上的母亲，示意父亲到床前，紧紧握住他的手，接着头一奋拉，便无言地去了。

母亲的心中，想必有许多遗憾，只是无法说出。丢下幼儿幼女，未能用慈母之心，去温暖和抚育他们成长，她最是痛心疾首；故乡老母恩重如山，未曾尽孝便不辞而去，她不堪愧疚；撇下丈夫在他乡，留下重担让他一人挑，她于心不忍……知道自己将不久于人世时，她的心已经破碎不堪了。

正是日寇侵略之时，生活日见其难。但每逢清明节，父亲总要带我们姐弟去扫一次墓，向母亲念叨一些我们想说的话。母亲也许从中得到些许的安慰——至少不觉太寂寞。

因为承受不起他乡的艰难，父亲决定结束游子生涯，要回故乡粤东去了。

告别这里的前几天，我们来到母亲的墓前，最后向母亲辞行。天，阴沉沉的，父亲的脸，也如同这天色。烧了一炷香之后，他对我们姐弟说："记住这墓碑，'大埔张锦娘之墓'，长大了要常来扫扫墓。"

谁知一别四十余年，我竟未曾去过一次！

如今，那里想必已经成了荒冢，抑或成了农田，或可能已盖起了高楼。而母亲的心，想必仍在企盼之中。

母亲辞世 10 年后，我外祖母仙逝；25 年后，我父亲也驾鹤西去了。母亲和他们已相见于另一世界，余下的一份惦念，就是我们姐弟了。

苦苦的思念，牵动着两个世界。我的一份思念，也系着天国里的母亲。我忆起过在母亲膝下嬉戏的欢乐，尽管时间短暂，却感到无比幸福。也曾想起让母亲为难的事情，虽属幼儿无知之举，却可想象到母亲当时的窘状。

那是我4岁时，也是母亲去世前的那年春节。母亲为了省钱省料，还和往年一样，扯了一块花布，为我们姐弟各做了一件衣服。年三十我试穿时，发现竟是女孩子布料，便大闹了一场，死活不肯穿。母亲怎么哄都不管用，背过脸去抹眼泪。要不是父亲一声大吼，母亲还不知如何是好。

我还想起，日寇侵略那年，我们全家逃难，母亲那瘦小之躯，竟背着一个已4岁的我四处奔逃，躲避日机的轰炸。她跑得气喘吁吁，大汗淋漓，却不肯把我放下，连上厕所都背着。我真是她身上的一块肉！

母亲的思念是企盼，于冥冥之中希望我成长。我知道母亲的心，也理解母亲的遗憾。我于贫困与艰难之中，发奋读书，努力学习，终于完成了中学六年的学业。我曾想过，考上大学就去给母亲汇报。

1959年8月，一张大学录取通知书，催我踏上北去的旅途。我离家的那天，父亲卖了家中唯一可卖的旧挂钟，把所得的3元钱全部给了我，作为家里支持我出远门上学唯一的一笔费用。姐夫、堂兄和堂姐等七凑八凑，勉强给我凑够了路费。

由于头一年秋天"跑步进入共产主义"、"放开肚皮吃饱饭"，"公共食堂"3个月吃去了全年3/4的粮食，此时的家乡仍在大饥荒之中。我很珍惜手中的这笔路费，尽量节省着使用，不敢有丝毫的浪费。

来到广州，打听并测算了我所需的种种费用之后，我不禁怅然，大冈，我不能去了。

第二天，北去的火车，徐徐驶离广州站。我向南方遥望着，心，却如一颗铅球，沉沉地留在了广州！

大学6年，我的书念得并不顺利，中间因病休学了一年。6

年中，我是全班唯一没有回过一次家的人，原因是出不起路费。

母亲，我知道您是理解我的，但在我，却越来越不能原谅自己。特别是我参加工作以后，曾经有过出差广州的机会，但还是没有去看望您，让我总是处在自责的心态之中。

1968年"文革"时，我们一行4人，曾奉命背着铺盖步行到东莞调查研究。东莞离大冈，已是不远了。但时间短促，行色匆匆，且因集体行动，有纪律约束，背包来背包去，不许离队。当时正是热衷"早请示晚汇报"、时兴跳"忠字舞"的时候，也正是大批"封资修"的日子，"扫墓"二字我压根儿连提都不敢提。车过虎门时，我又只有向江那边默祷，心祭母亲的在天之灵了：母亲，不肖子下次再来看您！我的眼泪暗暗地洒在了车窗之外……

11年后，我又一次去广州。我于工作之余，问明了去番禺、大冈的车船班次和时刻，计划在采访工作结束之后，马上奔赴大冈。没想到，工作未了，长途电话却已先到："速回京，另有任务！"把纪律和工作看得很重的我，又一次怅怅然踏上北去的列车……我终于相信，咫尺之间，果真有远若天涯之时！

去年4月，又是清明时节，我又有一个南去的机会。往返机票均已订好，我的心也早已飞向大冈。不料，又一次因为由不得我自己的意外而未能成行。那时，我真不知该怎样向母亲交代！

常言道：人生没有单行道。我通向母亲坟前的道路，难道就只有一条吗？

让我喜出望外的机会，终于又在今年的清明节前夕来到了——我将于4月去三角洲！苦苦的思念，终于有了尽头；深深的自责之苦，也终于有了解脱的时候。

明年是母亲50年忌辰，我将彻彻底底地摆脱种种羁绊，去给母亲那颗孤寂了几十年的心以温暖的慰藉。

母亲，您等着，儿子不会再让您失望，我将向您磕无数个响头，是谢罪，是悔过，也是给您的真诚的回报！

二、神会

终于有机会去番禺，寻找孤寂了四十多年的母亲了。姐姐、外甥、外孙和我，还有外甥媳妇和两位朋友，乘一辆面包车前往。三代人一齐来看望母亲，想给她一个惊喜！

车从深圳出发，经广州进番禺，到大岗母亲的坟地，还需经过榄核镇。这是我儿时生活过的地方，也是我多年梦魂所系之处，有我难忘的生活画面留在记忆中。

午未时分，车进番禺境界。问明路线，思绪便随车窗外的景色一闪一闪而过——

那是日寇侵占时期。我们一家，从广州逃难到榄核。外乡人到此，人生地疏，举目无亲，又无特别手艺，父母只好靠卖粥谋生。为求有个生存环境，也就对人相逢开口笑，不敢得罪任何人。

有一次我惹祸了。那天我和一位小朋友踢毽子，因输赢发生争执，他踢了我一脚，踢到小便处，我疼得大哭，他见势不好，扭头就跑。我边哭边朝他投去一块小石子，石子击中他的头。他出血了，我也跑回家。不一会儿，他母亲带着他找到我家，我见状钻到床下。

父亲大声说要揍我，母亲说不知我跑到哪儿去了。他们好歹赔不是，并给了那小孩一些钱，我才算躲过去了。母亲，总是我的保护伞，时刻呵护着我。

我家租用的小店，在一小木桥的桥头。一天中午，两个年轻女子来买粥，一人喝了一碗，说是钱在船上，去取了钱再来付。"去吧，不忙，不忙！"母亲笑颜相向。不一会儿，只听有人喊："有人投河啰！"两岸桥头，立刻挤了许多人，一问才知是那两个女子寻了短见。母亲闷坐在凳子上，口里重复说着一句话："让她们多喝两碗就好了。"母亲的心，我后来理解了，她没钱为别人做好事，送一两碗粥，就是她力所能及的善举。

……

母亲去世时不到30岁。从我懂事到母亲去世，不到两三年时间。她给我留下的记忆极为有限，这也是让我最感难过的憾事之一。我对她知之甚少，不能为她写一部书，却只能做一两篇零碎的文字。我来重游榄核镇，正是想搜寻多一点儿的记忆素材，做出多一点儿的怀念文章。

孰料，车到榄核镇，竟让我不知是高兴还是遗憾，这里竟找不到当年的一点儿影子。那木桥，已毫无踪迹；那桥头小店，早已为新式楼房所取代；连那小溪，也被两边的楼房横跨着，已无处可钓虾了。我踢毽子的那块开阔地，已成了水泥马路。两边住着的，是已经富裕起来的人家，像我父母当年卖粥为生那样窘迫之家，这里已经找不着了。后来镇政府的陈先生告诉我，榄核是一个富裕镇。

母亲，不知您可曾神游到此地？可此时此刻，我却仿佛和您神会于桥头小店的旧址。我看见，您还是那样瘦，还是那副忙碌相，还是穿着那件右边开扣的旧式布衫。短而齐的头发，依旧不戴任何头饰。我不曾见您穿过新衣服，但您总是很干净、很整齐，从无邋遢相。我和姐姐与您站在一起了，她现在和您一般高，却比您富态；我的脸、眼睛和鼻子，据说都很像您，但个子比您高。您是在这个小店仙逝的。您病重时，父亲说，他去找钱来，买好药给您治病。可他在大门口走了几个来回，竟感求告无门，不知找谁好，又无可奈何地回来了。没过两天，您就带着无尽的遗憾和牵挂，撒手离我们而去了。我和姐姐扑在您的身上，大声哭喊着"妈妈"，您却没答应一个字……我和姐在此谈论您，忆及您的慈爱，说到您的无奈，往事历历，我们仿佛还在搂着您说话，不知您是否感觉到？能否听得见？我们此刻面对的，只是小溪口外的那条记不清名字，却曾送您的遗体去大岗的河！怅怅然，我们离开了这桥头旧址。车到大岗时，夕阳已经西下。寻到母亲葬身的那座山下时，天空忽然布满雨云，给我的心头增添了几分沉重。记得母亲去世后的第二天，棺材运到这里时，天也是阴沉沉的，那是一个冷冬。只有父亲、姐姐和我三个人为母亲送行，阴冷、凄凉。没有鞭炮，只有纸钱；没有哀乐，只有三个人的哭声。母亲安葬在山脚下，坟下是一条大路。父亲的用意，想必是为了便于我们寻找。上完最后一炷香，行将离去时，父亲看了看我们姐弟，忽然一阵号啕，我们也跟着放声大哭。4个人的家，忽然永远地少了一个，那凄怆，那悲伤，几乎要把我们都击倒……

此后三四年，每年清明节，我们都准时来扫墓，为母亲的坟头除杂草，意在让她眉头舒展；还给母亲一只鸡、一块肉，烧些纸钱。她生前不得富裕，我们却希望她九泉之下不要太拮据。

我8岁那年，我们举家回故乡粤东。临行前，父亲带我们姐弟到此，最后一次祭奠母亲。父亲一再让我们记住母亲墓碑上的那行字：大埔张锦娘之墓。

让我愧疚万分的是，别后四十余年，我竟未曾来过一次，让母亲企盼了四十余年！或许，惯于宽以待儿的母亲，会谅解我的一切，体惜我的羁旅人生之艰难，而不会责备我的不孝。但在我，这笔心债尚未偿还之前，我的心是难以平静的。

终于，我来到了母亲的坟前不远处。如同榄核镇，这里也是沧海桑田，面目大改了。山脚下那片坟地，全已盖成楼房；母亲坟下面那条路，已毫无踪影；那墓碑，更是不知所踪。我站在山下不远处的一所中学里，向母亲坟墓的大概所在注视良久。我不再怅然，也不再难过，倒有兴奋与企盼之心绪涌上心头。我企盼母亲的在天之灵，与我们姐弟神会于此。母亲，我们三代人来看您了——您的企盼已经实现，您的眉宇也当舒展。我们已经留下了一张合影，您的颜容想必也已经在里面了。

母亲，再见！您不会再孤独，儿子还会来看您！

母亲安息在高坡

春节前，弟弟从深圳来电话说，准备回家乡安葬母亲，日子已请风水先生选定，就在农历十二月十八。墓地早在去年初就已经造好，就在我家屋后的山坡上，那山是我弟弟自己的，是1982年分得的80亩山林之一角。墓地的照片，弟弟寄给我看过，位置很好，离家仅300米之遥；地势很高，距山顶不足百米。视野之内，青山绿水，四周是林木，环坟皆松竹。远看可见韩江之水悠悠而来，经山下奔南缓缓而去。对于孤魂在外、长期漂泊他乡的我母亲，对于刚在深圳去世的我继母，这里都是一个十分理想的归宿地！

去年11月25日，我继母在深圳去世，享年88岁。让两位母亲和父亲一起，合葬于故乡自己家附近，那是我们全家的心愿。

继母是在父亲带着我们姐弟回到故乡后的第二年来到我们家的，那年她28岁。父亲让我们叫她"叔姆"——这是家乡部分客家人对继母的习惯称呼。我不大记得，我是从什么时候起，从感情上承认并接受她的。我只记得几个感觉。

几个月之后，我渐渐看到，她很能干，也很能吃苦。每天到地里干活，完工之后，她总要"顺便"割一担芦箕草回来，这时总是到了天黑之时。而且，这担柴草总有近百斤之重！她干活的麻利和高质量，在全村妇女中，可算数一数二。

第二年秋天，我得了场大病，发高烧四五天，整天说胡话，叔姆和父亲一样，惊吓得不知所措。病好之后，她又是给我烧热水洗澡，又是杀鸡给我加营养……我开始感到，她待我如同亲生。

我和她一起生活了10年，除了中学住校6年，实际朝夕相处的时间，也不算是很多。但我们相处得很好，彼此都视同至亲。我上高中时，学习费用十分拮据。她每年饲养一头猪，过年时卖三十几元；她每天给彩瓷厂工人洗衣服，每月挣三四元；每逢墟日在村口码头挑运货物，每担运费3分钱，每墟挑十几担……她不辞辛苦地挣钱，贴补家用和我的生活费。我上大学后的第二年，我父亲去世，她独自挑起一家的生活重担。又遇3年经济困难，生产队劳动日值 7 分钱。而此时我在上海读书，身患肺病，休学住院一年，她时刻挂念着我，只是爱莫能助。后来她说她当时"目汁嗒嗒滴（客家方言，即眼泪哗哗流），心里很难过"。

我大学毕业后，开始给她做了些许力所能及的回报。但羁旅在外，身不由己，未能抽身回家看望她。1989 年冬日，我终于借参加梅州世界客属联谊会之机，回到了阔别 30 年的家乡，会后我回家看望她。那时，她身体尚健，能吃能睡能干活，还能帮助我弟媳做饭。在灯光下，我看到的只是她花白的头发，深深的额头纹。我从这额纹中，读出了她在这几十年里历经的沧桑。

那天，她给我诉说别后种种，说到艰辛处，竟泪流满面，说到现状，才露出舒展的眉头。她说家里分到一片山林，我弟弟做点瓷器小生意，吃穿没困难……我亲眼看到，她和儿媳相处得极为融洽。弟媳手巧，会编竹筐，为家里增加了些收入，生活过得差强人意。1997 年，弟弟夫妻俩到了深圳做小生意。为了让孙儿安心读书，她又一次承担起持家的重任。

1999 年仲春 3 月，我第三次回家乡看望她。那天晚饭后，我没住人家安排好的旅馆，而回到家里住。叔姆对我说，两个孙女孙子，在广州读书，为了供他们学费，儿子和儿媳妇没办法，才去了深圳做小生意，她一个人留在家，也是没办法的事，不然小孩读不了书怎么行。她说她的身体也真是不好了，睡觉经常惊醒，心里怦怦跳，饭也吃不下。她说："行路困难，常常觉得走不动。总怕这次见了面，下次再也见不着了……"说着说着就流下眼泪，很是伤心和悲观。"怎么会呢，我说回来不就回来了吗，以后铁路通了，我回来就更容易了，我会经常回来的……"我赶紧安慰她。

2000 年，她到了深圳我弟弟那里。一年之后，身体倒是日益见好。其间我也去看望过她两三次。没想到，她去年春节以后就病了，并于去年年底离开了我们。想起她的一生，我写了一副挽联，寄托我对她的哀思：

从未享富贵，克勤克俭，淡饭粗茶，平凡一生，无改贫苦农民本色；

不曾读诗书，知礼知义，贤妻良母，恩惠三代，承传客家妇女精神。

我的两位母亲，都经历了艰难，又都有恩于我。她们都和我父亲相处融洽，从未红过脸。如今，她们都去了另一世界，她们原本互不认识，但有着共同的挂念。值得庆幸的是，她们终于合葬于一处，想必会有共同的心愿，也有共同的话题。叔姆比我生母幸运，多在人间生活了60年。虽然这60年，也是世事多艰，但她接过我母亲的力，为我的成长流过汗，也见证了儿女大半辈堪以告慰的人生。因此，她们此次相聚，叔姆将会带去许多人间信息，为我生母填补半个多世纪的信息空白。

我反复看那张照片，心中得到些许的安慰。母亲安息在那高坡上，可以高瞻，可以远瞩，回到曾经熟悉的家乡，不再寂寞，不再孤独。自家的山，自家的地，清明可享香烛三牲祭品，中秋可闻儿孙欢声笑语。在此，儿子向两位母亲做一个真诚的禀报：母亲养育之恩，儿子永远铭记。此刻，我身在京城，难至坟前，仅作此文，叙说思念，碎语喋喋，以为心祭。

姐姐的人生

我怀着深深的敬意，写下这个题目。

不怕见笑，我儿时无知，对她不怎么尊敬。她只大我3岁，她的小名叫"阿囡"，大人这样叫她，我也跟着这样叫，很少叫"姐姐"。大人阻止我不听，直到懂事了，好不容易才改过来。

她虽比我大，却没有比我先上学。抗日战争胜利后，我们同一年入学，在同一班里上课。她的成绩没我好，我就不服她管，有时因小事争执，我却又恃小不让，常有被我气哭之时。

这也许跟我母亲早逝有关。我 4 岁时丧母，父亲带着我们姐弟，漂泊在异乡——广州番禺，艰难度日。父亲整日忙于生计，无暇管我们。父亲因故不能回家时，不到 10 岁的她，就责无旁贷，学着做饭菜。有天晚上我牙疼，疼得捶床大哭，父亲很晚还没回来，好在有她在身边，给我一杯盐水，才觉得好受些。远在他乡，无亲无故可靠，我们却又有相依为命之感。

全国解放前夕，父亲不堪异乡的艰难，带我们回到故乡——粤东大埔。家乡也不是天堂，靠种瘠薄的山地生活，家里供不起，她就从此辍学。她开始帮家里干农活、家务活，砍柴割草、插秧耘田、挑粪担谷、做饭洗衣，无所不做。才十三四岁，太重的活也还干不了。但为此，她也有挨骂之时。有一次踏碓（舂米），她在那头踩木碓，我用手在石臼里扒拉谷子，她体重不够，碓没踩到头就掉下来，把我的手砸伤了，我哭了，她也挨骂了。她个子不高，但活越干越重，从此更是不长个儿了。

1953 年她 19 岁，出嫁到高陂镇，姐夫是做豆腐的，属小本生意。她跟着苦干，起五更睡半夜，也学着这一手艺。她公公的手艺不错，在镇上很被认可。因此生意还好，生活也过得去。

婚后第 5 年，她做了母亲，此后差不多每两三年生一个孩子，36 岁时，她成了 6 个孩子的妈妈。孩子渐渐长大，她的担子也越来越重。1956 年实行公私合营，副食品店都合营为食品厂，他们成了工人，从此便靠低工资生活。

我那时正上高中，生活费用困难，我常到镇上，在她家门口见她，不敢开口要钱，她有时却给我三元两元做补贴。我知道，她也是勉为其难的。我考上大学时，她又给了我 15 元做路费——这是他们一人的半月工资啊！

孩子不断增加之日，又正是 3 年经济困难和"文革"动乱之时。家乡粮食极度紧张，食品厂买不到粮食，做不成食品，厂里的活时有时无，她每月只能领到 21 元甚至 9 元的生活费。此时，孩子都陆续上了学，正需用钱之际。

她儿时的辍学，如今深感其苦。她要让每个孩子都去上学，一个都不落。在学业上，她无能给他们帮助，但在精神上和经济上，却是竭尽全力。她和我姐夫，省吃俭用，极尽艰难。4 两肥肉做一锅汤，每人分一碗算是改善。孩子的衣服，是老大穿了老二穿，老二穿了老三穿……老二以下，多少年没穿过新衣。我外甥还记得，薄棉衣穿到发硬，袖子就像筒子。

镇里人没有土地，但小镇濒临韩江。每年秋末，她领着几个孩子，到江边挖淤泥，挑到沙滩上，每人都出力，一担又一担，一直到天黑，真是披星戴月，填出一块块菜地，种番薯、萝卜和青菜。收的番薯做粮食、青菜腌咸菜，供孩子上学食用。一到春天泛洪水，菜地便荡然无存，秋天只好又重来，一年辛苦，一年收成，年年如此，为了生计，也为了孩子上学。

我也是不懂事。那时我在上海读大学，得了肺结核病，正住院治疗。我父亲已去世，继母在家乡，挣工分过日，一个劳动日 7 分钱，肚子都吃不饱，根本无法帮助我。我于两次吐血之后，给姐姐写了封信，报告自己的病情和经济状况。信发出之后，我十分后悔。后来知道，此信徒然给她添愁，她接信后只是流泪，弟弟病得如此，她却爱莫能助呀！

她的几个孩子，也真是争气，一个个学习都很刻苦，都是学校里的学习优秀生。1975 年，老大被推荐到武汉读大学；1978 年，老二又考上武汉的一个大学。与此同时，老三以优异成绩，考取全省重点中学——梅州东山中学；又过两年，老四也以全县第一的成绩，考进这一学校。他们毕业之后，又都先后考取了天津和北京的两所重点大学。

一个山村小镇里的一个普通工人家庭，先后出了 4 个本科大学生，此事并不多见，在镇里、在县里、在地区，都为人所羡慕，我姐姐也为妇联部门所关注。1984 年起，县妇联、地区妇联和广东省妇联，先后5次表彰她，授予"和睦家庭"、"模范家庭"等荣誉，奖励她团结家庭、培养孩子的佳绩。她被看成"模范母亲"和"模范妇女"。

多少年来，她诚心侍候年迈的公公、婆婆，无私关照和养育丈夫的前妻之子，全家10口人，上下左右，关系处理得当，全家没有因为穷而生离心，没有因为苦而起怨艾。这是全家配合的结果，但作为家庭主妇，她却是功不可没。

1986年，老二毕业后不久，而且已有了一份工作，她真正长舒了一口气——她感到有了依靠。这年冬天，我姐夫感到身体不舒服，已知道是有病，但怕花钱，也确实没有钱。他就硬挺，直到实在挺不住了，才到深圳治疗。检查结果是不治之症，第二年春天就告别了人世。真如晴天霹雳，姐姐受到了难以承受的一击。他们共同抚养的儿女，眼看都要出息了，他们可以共享儿福了。艰苦，他们已经共同克服，现在还有两个孩子尚未毕业，他们尚未感到圆满。她说她最希望盼到这一天，一起看到孩子都毕业，都有一份工作。如今丈夫竟没有等到这一天就走了，这是她最伤心之处。

两年后，公公又病逝。又过几年，耄耋之年的婆婆，有病伤及神智，后期精神有些紊乱，时有幻觉怪影，不时让我姐蒙冤，有苦难言。

她历经一系列的灾难和苦痛，但她到底还是坚强，她挺过来了，从悲痛中走出来了。这些年，她含饴弄孙，有时去深圳，有时到厦门，有时在家乡，都为抚育第三代忙活。她华发满头了，那是她消耗心血的证明！

8年前的一月，又是一个冬天。那天，又是在深圳，老二——她亲生的长子，感觉身体不好，到医院住院治疗，一检查，也是难治之病。姐姐每天去医院，每餐给儿子送饭菜。后来转院到广州，她又到医院照顾。想不到，儿子竟一病不起，熬到清明节的第二天，终于去了。才38岁，太年轻了呀！此前5天，我曾赶赴广州，在病榻前，看到了病中的外甥，也看到了已护理儿子三四个月的姐姐。她分明又瘦了，头发更白了。我当时所能做的，就是劝她注意保重。

当我回京几天后接到噩耗时，我最担心的便是她——白发人送黑发人，古来最残忍的悲伤！哭丈夫，哭公公，哭婆婆，如今竟又哭儿子！她承受得了吗？我给她挂电话，话筒里传来的，果然是她心碎了一般的声音。我能说什么呢？我只能说："您已经尽了心，尽了责，问心无愧了。老天不公是常事，您就想开一点儿吧！"

我知道，她的心需要修复，她的情绪需要调整，但我又深信，她肯定能够扛过去，因为她的品格，本质上是坚强。这也是我对她心怀敬意的原因所在。

我给她挂电话，希望她保重。她知道我患肩周炎，正疼得难忍，便说："你也要注意，可以买点'抗骨增生片'，或'活络油'用用，我用过。你那里没有，我就给你寄。"放下电话，我不禁又想起，儿时的那杯盐水。

"看完奥运再走"

"看完奥运再走！"一位患肾病的朋友，一年前如此说。

我最初解读这句话时，有点儿悲凉感。她70多岁，年纪不算大，竟轻言"走"事，让人感到有点儿不是滋味。但她已透析治疗多年，病情时好时坏，还能坚持多久，她和别人都没有十分把握。人生有时也是无奈，有些疾病尚无彻底治愈办法，只能以保守之法来维持。科学无奈，人生又奈何！

但玩味此话，又好像感觉不对，它其实是一种笑对生死的幽默。她真正要说的是：我不着急见上帝，我还要看完北京奥运呢！再挺一两年时间没问题。乐观人的品格，从内心到表情到语言，传达给他人的总是一种轻松，不愿别人为他担惊受怕、负担沉重。因此那幽默的内涵里，就包含着一种从容和坦然。

我再仔细琢磨，又感到话中还有一种信念在。朋友患病多年，一直没有消沉过，心态总是那样好。她对健康的维持充满信心，精神状态平静而淡定。她一直没有放下手中的笔，总是坚守着笔耕的园地。她经常撰写文章，或记述她熟知的人物的事迹，或介绍自己与疾病抗争的经历和感受。顽疾在身，她从容面对，乐观待之。她积聚着力量，也铸就着坚强。

尤其让人感动的，是她对奥运的期盼。我不知，她平时是否是体育爱好者，但她对北京奥运的期盼，却明显体现着13亿中国人的一种意志——百年期待，立誓要看到北京奥运的成功，看到中国以体育强国之姿，屹立于世界之林。如同所有中华儿女，都要领略我体育健儿取得骄人成绩时的振奋。可以想象得到，当我们的奖牌数名列前茅，实现了几代中国人为之奋斗的梦想之日，也必将是我们炎黄子孙无眠之时。我朋友翘首以待的，正是这一时刻。

我朋友以看完北京奥运为今生的极终目标，只是极言北京奥运在她心目中的地位，其实奥运的成功只是中国强大的重要标志之一。此刻，我对我朋友的话，却更多地感到了一种悲壮。重病中的老人不愿老去，而希望多活更多时间，是要亲眼看到中国的全面崛起，体验祖国实现伟大复兴时的激动。也如解放前夕身陷囹圄中的共产党人和爱国志士，渴望见到新中国成立、五星红旗升起那样，满怀信心而又壮怀激越。这正是勇士的气概，悲壮的情怀。

我们很唯物，但也深信意志的力量。我有理由相信，我朋友还将走很长一段路。北京奥运，将是中国崛起的一个转折点。北京奥运的成功，也将是国人新的期盼的开始。我的朋友，想必也

会随国人，开始另一个期待的征途。"看完奥运"，只是她的近期
目标。

有缘在旅途

出了几本书，忽然想起一个话题——与编辑、读者的互动。

好不容易出版一本小书，自然会兴奋三五天，但再细看一遍
之后，发现它有差错，有不成熟之处，遗憾的心理就马上取代了
兴奋。都说电影是遗憾的艺术，图书又何尝不是呢？我的散文随
笔集《白杨飘絮》出版后，送了一本给一位中学同学廖兄。他读
后给我挂电话，说他认认真真地从头到尾读完了，想和我当面交
换意见。他是某名牌大学中文系毕业，是文章里手，擅长写杂
文。我于是约他到我家里来，准备听取他的意见。那天，我们对
坐于客厅，他拿出他读过的那本拙著，只见其中有许多折页，都
是他做了记号的地方。他说大的方面不说了，有许多好处也不恭
维了。他直指其中不当不妥和错处，我用铅笔一一记下。大体是
错字别字、词性选择、措辞分寸、成语用法、古词今用之类，多
有商讨之意。说了一个多小时，到了吃饭时间，我请他到附近的
一家饭馆吃饭，点完菜我们又打开书继续谈，直至饭菜上了桌，
还只谈了一半。我举起酒杯，感谢他的认真，感谢他的指点。我
们都是真诚的：在我，有朋友能如此费时间，把拙著通读一过，
非挚友不为，虽然其中有属排录的差错，也有见仁见智处，我想
表示的是由衷的敬谢；在他，费时费神不在乎，不要一分钱审读
费，直指不足而无顾虑，非好友不愿为，他想表达的只是一个率
真和坦诚。

我称赞廖兄像一位称职的编辑——尽管他没有当过编辑。我

是当编辑的，编辑工作是我唯一的职业，大学一毕业就干这一行当，总共干了 35 年。我编辑过无数稿件，修改过许多文章。我对文章之事精通了吗？当然没有，远远没有。明显的事实是，到我自己写文章时，就常有这样那样的差错，或笔误或疏忽，或记忆的闪烁，或知识的不足，或对事物的误判，有的错连自己都感到惊讶。我本不是一个大大咧咧的人，但差错却往往是明明显显。十多年之前，在我有过多次的教训之后，我就在文章见报之前，坚持要让它经过校对和检查两个环节，不敢有丝毫的忽略，只有经过他们的眼睛，我心里才会踏实。我深深地记得我报社的那位已退休的吴大姐，她从编辑转到检查组做"第一读者"工作，曾负责把报纸的最后一道关。她的眼睛高度近视，但她对工作高度负责，她用她的丰富知识和经验，多年来消灭了无数大小差错，受到全社上下的一致称赞。她的突出成绩也证明，文章有差错不是个别现象。

作者、编辑和读者的互动，有助于提高作品的质量。负责任的作家不会拒绝编辑的劳动，也不会排斥读者的意见。读者的视角，常有高于作者之处。没有读者的正面回馈和认可，作家的作品难以成为传世之作。过分自负的作家，会丧失许多提高作品质量的机会。有成就的大作家，大都很重视并能虚心听取读者意见。著名作家老舍，作品写成之后，总要挑一些章节念给"老北京"们听，根据他们的反映来修改自己的作品。著名作家赵树理、柳青，也喜欢给农民群众诵读自己的手稿，然后根据他们的意见加以修改，直到农民朋友"听得懂"和"喜欢"为止。大作家托尔斯泰从来不自负，负责给他誊写稿件的妻子，为他纠正过许多差错，他总是很虚心地接受妻子的意见，从不认为自己的文章不能改。

无才如我，拙著本非佳作，有不足和毛病是毫无疑问的，但能听到一些批评意见却是很难得，因而也是很值得高兴。我深深地知道，我已经跨进"古稀"的门槛，自然法则我难以逃脱，智力精力都渐行渐弱，有错是肯定无疑的，差别只在多少和大小。向大作家学一点虚心作风，是我此刻的一种真诚心态。

遇到敬业的编辑，也如遇到热情的读者，常常让我感动。我给报刊投稿，常常遇到好编辑，有的帮我改个好标题，有的帮我把文章编得更精练，有的替我纠正事实或提法，也有彼此都满意而只字不改的，我对他们都表示由衷的感谢之忱。写稿几十年，能遇到多位好编辑，应该说是一种幸运。上海《新民晚报》有位编辑，从第一次采用我的文章时起，至今已发了我 20 余篇稿子。我们神交 13 年，却没有见过面，也没通过电话，但她的敬业精神让我钦敬。她收到稿件后的第一件事便是回信，告诉你稿件可用还是不可用，至少说"收到了，有结果时再告知"。采用的稿子，无论是改标题、删篇幅，还是更换词语，都准确而得体，很让我信服。看得出，那都是经过认真编辑的。我投去的稿件，从未有"石沉大海"的遭遇，用了电子信箱之后，更是常在一两小时后便有回音。有时稿子搁置了三五个月，见报后还来信表示歉意。有的稿子不采用，也告诉你原因。我曾质疑《辞海》的一个词条，文章上了大样，后被告知撤下了，原因是我的理解错了。我当编辑 30 多年，自认还算负责，但仔细想来，敬业精神真是不如人！我本想知道这位编辑更多一点的情况，但又想不必了，记住一位"贺编辑"就行了，因为在我的印象中，那已是一种作风一种精神的代名词。去年某日，忽然看到一篇报道，2008 年上海市五一劳动奖章候选人名单出炉，其中《新民晚报》的"贺小钢"榜上有名，我一拍脑袋：原来"贺编辑"是一位劳模！

回首前半生，我的行事轨迹，并非十分自觉的铺设，没有很远的理想，总是走一步算一步。刚上大学时没想过毕业后要做记者，刚做报纸工作没想过要出书，出了一本没想过要出第二本，做了编辑也没想过要当作家。"路是自己走出来的"，这话一般说也没有错，但人生不能完全由自己左右，机遇和环境也是必不可少的条件。我很幸运有机会做报纸文艺副刊的编辑工作，也很幸

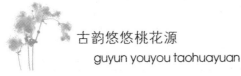
运曾在一个人人乐于文事的环境里接受熏陶，更幸运能遇到方方面面的优秀者和有助于我者。特别是改革开放初期，我采访过许多文学讨论会。许多文学前辈，许多文坛强人，许多才华横溢者，他们的才智给了我深深的影响。我是亦步亦趋，一路蹒跚而来。我走上文学之途，客观和主观的因素同样重要，缺少哪一样都难成其事。而两种因素的结合，也可以说有一种缘分在。

我其实并不迷信，不相信所谓缘分，缘分的本意是说，人与人的偶遇，都是老天安排，命运注定。我相信的是哲学，它讲偶然和必然，必然决定偶然，偶然蕴含着必然。我的诸多偶然所遇，也有必然的因素在。在和谐的社会中，乐于助人者多，我多少能成一点儿事，也是有必然的因素在。正是在这个意义上，我说我是有缘在旅途。

我们共话沧桑

2009 年，秋末霜降前夕，我们在京同学和外地来京同学聚会，兑现了 4 年前所做的承诺。2005 年，母校建校 100 周年之时，我们相聚在母校，相约 2009 年在京相会。

我们于 1959 年初秋，一起踏入复旦校园，同窗 5 个年头。今年，正是我们入校 50 周年纪念，我们的约定，正是取其大庆的意义。2005 年回母校，我们曾有久别重逢的激动，而此刻，我们是在年及古稀之时再见，又别有一种喜悦和感慨之情在。

那天在酒店饭厅里，我们竟有相见不敢相认的情状，演出了啼笑皆非的一幕。学姐郑根妹，抿着微笑的嘴，眼睛死死盯着杨筠。大大咧咧的杨筠，竟没有丝毫反应。"杨斐斐，不认得我了？"郑憋不住了，终于先开口；原名斐斐的杨筠，也忽然醒悟，

"你是?""郑根妹呀!""哎呀,我还以为你是谁的家属!"

也是难怪,大家的体征,虽然都基本健康,但脸上的皱纹,却难掩曾经的沧桑。身体或胖或瘦,头发或脱或白,都属自然,但每人的经历,却明显不同。况且于 1964 年毕业之后,有的却从未见过面。近半个世纪的别离,沧海桑田,堪嗟堪叹,当年的妙龄姑娘,如今已是老奶奶了。

"爷爷""奶奶"们今日相见,感慨心绪难以尽述。难说也说,大家都认可的一个共识,便是"此次来京,叙谈第一,游玩第二"。

10 月 21 日这一天,和平门中联鑫华酒店,203 号房间里,容纳了我们班的在京和来京同学,近 30 个声音叙说出了我们曾经多彩的生活。墙上贴着三副对联,是我们叙谈的要领。它是我们的会长朱以中的即兴之作,书写者是我们班的书法家涂石:"南天常觅同窗梦北国重温兄弟情";"金风十月喜相逢,难尽一言话沧桑";"半世纪各行风雨路,六十年一颗中国心"。大师兄杜修善的与会,增加了我们的凝聚力。他是我们班的领导,党支部组织委员。他致辞之后,大家发言踊跃,气氛活泼。

尽管我们在开场白里建言,大家畅所欲言,喜怒哀乐,除哀之外,但说无妨。但大家友情难断,还是没有忘记那 16 位已经"不幸"了的同学。我们的通讯录里,还有 71 位健在者。算算逝者健者的比例,也是挺伤怀的。我们班长黄绍添,为人忠厚,待人诚恳,毕业后留校,到外文系任辅导员,不久便病逝,他的才华没有得到施展,抱负也没有实现。他是我们班最早西去之一人!还有闻国政,他十分热爱母校,也十分热爱我们班,他的作文很好,曾被老师表扬。4 年前他抱病回母校参加百年大庆,不料心脏病发作,来了救护车,经过调理才平稳下来。今年年初,他又表示要来北京参加聚会,不幸竟于 6 月走了。他有一个终生的抱憾——只因上大学前结婚未填报,系里最终没发给他毕业证。"是否太严厉了?"叙谈中,我们寄予深深的同情。早逝的同学中，不少都是佼佼者。他们真的是走得太早了！值此我们于北京聚会之时，我们对他们表示深深的怀念！

我们这个班，怀着欢庆新中国成立10周年的喜悦进校。虽然曾有老师说，我们没有经历太大的政治运动，学习没有经受太多的干扰，读书风气比较浓。但我们经历了3年经济困难，勒紧裤带到农村，参加支援三秋劳动；我们参加过所谓"教学改革"，批判过蒋孔阳老师的"修正主义"教学倾向；毕业分配时，我们对有"怀疑"和"否定""三面红旗"思想和表现的同学，做过无限上纲的批判，并因此与同窗好友割席分坐，留下令人长叹的无奈和难以弥补的遗憾。我们正是带着这样那样的无奈和遗憾，走上了工作岗位，步入了一个动乱的年代。

于广礼有一个感慨，反映了不少同学的经历："我想做的事情一件没有做，原来没想做的事情却做了许多。"他毕业后读了研究生，原想做一点儿学问，研究一点儿文学，但分配到家乡山东省委，管过电视，最终落脚在政策研究室，做了行政负责人。起草讲话报告成了他的主要任务，这差事他做了二三十年。工作很敬业，任务也完成得很好。遗憾的是，自己想做的事已不可能做了，让他高兴并感到有所寄托的只是，业余练就了一手好书法。与他经历类似的有周济洋，他说他做得最多的事情，也是为领导写报告。在校时，他喜欢文艺理论，每天跑图书馆跑得很勤，文艺理论书读得很多，并显示了理论才华。毕业分配到《红旗》杂志社，后来实际到了马列主义学院，"文革"后期学院解散，他又到了湖北干校，最终就业于省文化厅，当了"副厅座"。管事很多很杂，连婚姻登记都管。他喜欢并擅长的理论，也是没有派上用场。满口四川话的李鑫义，他毕业分配到中国对外贸易促进会——他说连单位名字都很啰唆，所学专业就更难用得上。虽然当了该单位宣传部副部长，是6个刊物的总编辑，但他不管编辑业务，他的任务是"搞钱"，每年要搞好几百万元。此外还有写不完的报告。几位同学的经历，也是我们班多数同学从业观念的缩影——党叫干啥就干啥。

50年的岁月,50年的坎坷。邢玉琢在"文革"中,经历了波澜起伏的风浪,曾在风口浪尖搏击,曾高入云端,也曾跌入浪底。他曾是卫生部"革委会"二把手,在一次大会上,中央首长曾亲自点名:"卫生部邢玉琢来了吗?"他说他当着这位首长的面,也曾据理力辩是非。但复杂的政治风云,反复的派性斗争,使他几次受到折腾。抓"5·16"时说他是"5·16分子",抓"三种人"时说他是"三种人"。其后,他换了六七个工作单位,最终调到《中国黄金报》。他为人很慷慨,出手很大方。我们为这次聚会筹措资金,一个电话过去,那边马上给了4位数,还说需要他做什么尽管说。豪爽之气,溢于言表!他说他能走过那些沟坎,全凭母校给他的那笔精神财富。

沈亦军,一个陌生的名字。他原名沈绪忠。名字虽然改了,但一口四川话,却从来没有改变过。他在校时也是热衷于文艺理论,毕业时也是分配到《红旗》杂志社(后来是马列主义学院)。学院解散后分配到四川双流县,后来又到了他爱人所在的贵州,水电部的一个工程局,在那里一干18年,从教师到分局副局长。专业性质变了,工作地点也屡经变动,虽然愈来愈远离文事,但他说自觉活得自在、实在。他有螺丝钉精神,到哪儿都干得很安心,从来没想到躲。唯一想到躲的一次就是汶川大地震之时,他经历了刹那的惊险,幸亏站在了两根门柱之间,未遭遇大难,后来躲到贵州,远离了灾难。要不是多方联系不到,在京同学郭玲春,差点儿要为他发起救援行动。

今日的我们,思想都已经明显成熟,都知道历史地看过去,乐观地向未来。沈亦军表达了一个看法:我们有没有成就,不是看他写了多少文章出了多少本书,而是看他在自己的岗位做了些什么。他的看法很被认可,事实上,我们每个人都有自己的成就。但座中人人都很低调,无人说及自己的成绩,都是知情的第三者举略,大家方知一二。我们有不少同学当老师,有大学的有中学的，他们的成就难以量化，开了多少门功课？培养了多少学生？都难以以数量计。他们尽心尽责了，全副身心地付出了，他们的价值就得到了体现。会上提倡要有"潇洒"心态的虞绍荣，是班里的外语尖子生，他上学的时间比谁都长，又是读研究生，又是到美国进修，学得一口流利的英语，回到上海任教，培养学生无数，赢得许多赞誉。

在母校任教的黄霖，更是成就卓著，从最年轻的博导到权威的专家，研究学问，登堂入室，著作丰厚，真知卓识，誉满古典文学界。新闻出版界，也有成绩卓著者，郭玲春以散文笔法写新闻，突破新华体消息写法的框框，独创"郭体新闻"，成为博士论文的研究课题。

会间，一个电话从江苏太仓打来，他是同班同学阿康，指名感谢3位同学：一是阿亨。他刚分到北京还没到郊县中学报到的那天，阿亨接待了他，有失眠症的阿亨竟和爱打呼的他，共睡一张单人床。他感激并抱歉至今。二是哈哈（杨筠的绰号）。"文革"中，他进城看望小朱，同住一单元的哈哈，端来一盆饺子招待他。他感谢盆饺之谊。三是阿义。唐山地震时，他所在的通州西集镇，受影响较大。阿义从报上得知此信息，就给他写了封信问候平安。他们在校时素少交往，接此信他感到很温暖。阿康从京郊南调太仓后，念念不忘这3位同学。小事3桩，铭记40余年，同窗之谊重如此，举座为之感动。

今年的金秋，比往年都长，高爽了55天，竟未见寒意的到来。在京校友，也以欢愉的心情，与久违的师兄弟，做了零距离的交流。六七天的时间，小朱、小郭、小张、小郎、小刘和阿亨，陪同诸君逛新城，看鸟巢、郭（沫若）宋（庆龄）故居、恭王府第、国家大剧院、天安门城楼、孔庙、国子监，新景名胜，领略一过，京城小吃，传统遗存，唐宫饭菜，滋味留香。

5年同窗，一种缘分体现；50年挂念，一丝情结牵连。我们无人忘记，老师的教导，母校的生活。保存一份通讯录，彼此勿相忘。我们心中有期待，相约早日再相见。三五载太久，最好是明年。

大院里那80棵柿子树

一个多月前的某日，大院里那两排柿子树下，忽然插了几块木头牌子，上面写着："温馨提示：柿子树仅供大家观赏，请您不要采摘柿子，望大家共同维护。谢谢！"落款是"行管局综合管理处"。我看后颇感新奇，认为它别具一格，也富有创意。好一个"温馨提示"！四个字饱含着人情味，也透着管理的人性化。味道是那样清新，如同霜降后的柿子。

这类告示牌，按常规本来也可以这样写："通告：严禁采摘柿子，违者罚款！"但立牌者没有这样做，他们显然换了思路，既想制止擅摘柿子行为，又要释出立规矩的善意。这意图和目的，都巧妙地得以表达，这表达又是那样礼貌而文明。

我们大院大道两旁，共有柿子树80棵，栽于80年代初。长成后便陆续结果，近十多年来年年果实丰硕。但没等到完全成熟，便有人擅自采摘，或出于玩耍，或摘来"尝鲜"，也有外人贪小便宜，乘夜前来偷摘，造成折枝毁树，常有一片狼藉之象。有关部门于是采取措施，早早就把青果打下，分给少数部门处理了，让人叹息不已。

去年一改前例，留下若干棵不摘，意在让人观赏。熟料效果极佳，柿果日渐金黄之时，它却成为一种景观。观赏期竟有两三个月之长，到春节前依旧魅力不减。在万木萧疏的冬日，它真是独领风骚。

柿树的个性很特别，叶子本属红叶类，但从不大红大紫，只是奉献些微红颜，更多的是黄绿相间的斑驳，把红黄让给自己的果实。那柿子也是抢尽风头，总是以自己的丰满和金黄，吸引着人们的眼球，尤其是立冬之后，叶子纷纷飘落，它仍独留风姿在枝头，展示着与众不同的风韵，让所有的行人，都不能不顾盼乃至流连。

柿子树今年欣逢大年，又兼风调雨顺，柿子结得特别多。那挂满枝头的果实，霜降一过，更见其美。这些天来，我早晚在大院里散步，抬头看见大道两旁那金黄的柿子，备感赏心悦目。

柿子的优点多多。比如生存条件，就极其简单，它不需太多的伺候，一点儿不娇气。它是雌雄同树，成年了统统都结果，不像院里有一溜银杏，雌树结果，雄树一概不结。它寡居也不在乎，大院一角有棵孤零零的柿子树，今年就结了150多个。它也不怕大树遮盖，办公楼前泡桐树下和食堂门前大白杨树下的柿树，终年阳光少见，也无碍其硕果累累。

柿子对人类的奉献不止于此。它的药用价值很高，柿叶可以止渴生津、止血疗疮，柿蒂主治呃逆、嗳气、抑制打嗝，柿肉多糖、富含胡萝卜素，钾含量尤多，柿饼可治便血，还能降血压……据说韩国人喜欢以软柿子下酒，把它视为美味。国人生活水准提高了，现在小看它了，几块钱一大包，谁都不再瞧得上它。

对于我们大院人，现在最看得上的是它的观赏价值。作为大院一景，白天黑夜它都很好看。我晚上散步，于丛林之中，见它在灯光下，更是光彩照人，独显风骚。白天，有客远方来，从西大门进来，缓步而行，两旁黄灿灿，柿子满视野。单位形象，居民素质，文明气象，和谐局面，甚至还有殷实富足，种种印象，都立刻显现在来者眼前。这价值超乎寻常，重不可量。

日前，我曾想问清楚，"不要采摘柿子"的决定是怎么做出的。问综合管理处办公室，一位女同志说："是领导说不让摘了。"再问处长，处长说："是领导叫暂时不要摘了，原话不清楚，不过有些老同志也有这反映。"我于是打住，不想寻根问底了，不论哪级领导做的决定，原话怎么说，无疑都是集思广益的结果。那木牌上"请您不要采摘柿子"8个字，便是最准确的表达。它反映了多数大院人的共同愿望。

我还注意到，近日忽然有几个年轻人，在大道上日夜值班看护。我想那肯定是行政管理局的安排，也是短期的措施。我预料，不久之后，大院人都有共识了，养成文明习惯了，如我们在某些民风淳朴的乡村所见，看护者乃至那几块牌子，想必都会成为多余。

柿子树的原产地在中国，古老文明是它的土壤。今日大院里的柿子树，理应生存在文明的环境中。擅自采摘，折枝伤树，有违柿子意愿，共同维护，任人观赏，才是文明应有之义。

又读避暑山庄

秋分刚过，仍是承德最佳旅游季节。时逢第九届承德国际旅游文化节举行，我们一行十余人到此做文化采风之旅。我们的重点在避暑山庄。匆匆一日游，所见所闻，有所领略，概而言之，印象最深的是，我从中读出了三个词：至尊、至大、至美。

一

那天上午，旅游节的开幕仪式，在避暑山庄门口举行。抬头看那大门，最显眼的是门额上的"避暑山庄"四个字。我不止一次看到有人写文章，说康熙写了错别字，"避"字右边的"辛"字下多写了一横。有人甚至演绎，说是康熙故意写的，他要看看大臣们敢不敢提出疑问，对他的尊严提出挑战。

其实，纠"错"者和演绎者都有所不知，那"避"字其实不算错，古来书家多有如康熙那样写的。北魏的郑道昭、唐代的欧阳询、宋代的米芾、元代的赵子昂等人的碑帖，以及更早的东汉的《说文》，都是如此写。康熙的字没有写错，他的尊严也无须以此来体现。

康熙的至尊地位，是靠他的伟业奠定的。他是中国历史上最了不起的皇帝之一。他文治武功，均有卓越成就。他开疆拓土，基本上确定了中国领土的版图。他清除了内患，使国家得到安定。他放弃修长城，致力于文化设施的建设，使国学得到继承和发展，西学得到引进，促成了中西沟通开放空气的形成。他开创了"康乾盛世"，成了后人景仰的一代明君。

由他开始建设的避暑山庄，彰显了皇家的至尊思维和至尊气派。一到山庄的丽正门，这气氛就扑面而来。这是山庄的正宫门，门下有三个方形门洞，中间一个专供皇帝一人出入。门前的石碑上刻写着："官员人等，至此下马。"

整个山庄，从地址的选择到格局的安排，都把皇帝置于中心位置。它像一把芭蕉扇，皇帝掌控着整个世界；它又像一把罗圈座椅，皇帝安闲地坐于其上。

从山庄的历史遗存中，我们又可以看到，清代的至尊者中，也是形形色色。除了康熙之前的 4 位皇帝，其后的雍正帝、乾隆帝，都各有政绩，他们共同造就了"康雍乾盛世"。但尔后的各帝，却大有一代不如一代的趋势，嘉庆的懦弱，道光的无能，咸丰的丧权辱国……烟波致爽殿里的小炕桌上，就留下了咸丰皇帝批准丧失主权、使国家受辱的《北京条约》等。他位在至尊，人却丧尽尊严。

"一个山庄，半部清史"，于山庄浏览一过，方知此言不妄。

二

此前，我其实到过避暑山庄，但我不敢说我了解它。因为都是与三几友人前往，只涉足其中一角，况又是在 30 年前，我领略到的只是一片破败景象。

此次避暑山庄之行，又一深刻印象是它的至大。据称，在皇家园林中，它不仅是中国的最大，也是世界之最大，比英国的白金汉宫、俄罗斯的彼得宫都大。白金汉宫我去过，论规模和价值，的确不在一个层次上。

皇家园林在中国，秦有上林苑、阿房宫，汉重建上林苑，元明清以降，渐有后来的北海公园、圆明园和颐和园。汉武帝的上林苑，是中国历史上，也是世界人类史上面积最大的皇家私人园林，但它已成为过去，现在只剩下考古发现的遗迹。避暑山庄面积相当于8个北海公园、2个颐和园。避暑山庄继承了皇家造园追求宏大的气派和皇权的"普天之下莫非王土"的传统，历经康雍乾三代王朝、89年时间建成，成为"康乾盛世"的象征。

避暑山庄之大，大在它的包容性。山庄的种种历史遗存，包括建筑、碑刻、楹联等，都把传统的儒佛道文化融于其中，显示了一个伟大的胸怀。康熙作为满族人，他曾下令"崇儒重道"，尊重汉文化的优秀传统。他和乾隆等皇帝，都没有类似夜郎侯那样的自大心态，他们都深知，汉文化比满文化要先进得多，他们自己还率先垂范，努力全面学习汉文化，并精通其中一些学问。他们的书法各树一帜，山庄里到处可见他们的题匾，令人赏心悦目。

避暑山庄里的另一个至大，就是周围的20多座庙宇群，又称外八庙，它是世界上最大的皇家寺庙群。它不仅在规模上是世界之最，它还融合了汉族、蒙古族、藏族的文化，成为文化交融的典范。

在外八庙中的普宁寺内，当我看到那高22米多的木雕千手千眼观音贴金立像时，心里为之一振，它又是我们的先贤创造的"世界之最"！它用松柏榆杉椴五种木材雕成，是国内现存的最大木雕佛像，已经被收入《吉尼斯大全》。

康熙建造避暑山庄的初衷，就是追求至大，要使它与大清帝国的国威相一致。从这里，我们看到了至尊者的一种心灵世界，他们执着地追求的是皇家规模和皇家气派。

徜徉于这些气派的遗存中，我仿佛看到一个大国国力的彰显；我边走边浏览，有如读着一篇盛世文章。

三

格局的和谐，是山庄的至美。西北部有山的雄奇，东南部则有水的秀美，所有建筑，或依山，或傍水，错落有致，尽皆得体。园中有园，秀藏其中。

"园中园"是皇家园林的一种传统风格。它是造园的一种手法，也是所谓藏景的一种技巧。它使园林显得深奥幽静，游人因小园感到大园之大，因小景感到主景之美，从而增加了游览的情趣。避暑山庄的园中园，以湖区为最美。江南水乡，微缩再现。见大大小小的湖水，如临清清秀秀的江浙水乡。那天，秋阳高照，我们于烟雨楼前眺望，只见水天一色，美轮美奂，天无烟雨，心却有之。

因为有水，山才显出秀气，透出灵气。而这里的水，不是自然，却酷似自然。人工的痕迹，是那么的不显不露。西方有美学家认为，自然美有缺陷，人工美才完美。而避暑山庄的湖水，你看不出是人工还是自然，它给人的印象却是完美无瑕。水心榭的流水，神韵无限；莲叶的飘动，让人遐想联翩。

徜徉于避暑山庄湖区，曲径通幽，峰回路转，如畅游在一个多彩多姿的世界里，领略着的是无限丰富的自然，让人心旷神怡。有人说西方园林讲究形式美，追求几何图案美，我游览过几个欧洲的园林，虽然没看到明显的几何图案美，但那味道确实不同于避暑山庄。避暑山庄集中国园林艺术之大成，它是中国风格、中国品位，中国神韵，不仅大得无可比拟，它的美也是无以伦比。

游避暑山庄，仿佛读一首至美的诗，更像读一幅至美的画！

围场坝上的期待

　　承德的围场坝上之行，我向往多年终于成行。去之前做了点案前准备，看了一些资料。最难忘的是一组数字，说康熙帝晚年时曾说，他一生共打死老虎 125 只、熊 20 只、豹 25 只、野猪 132 只……

　　对这一记载，有人表示质疑：康熙打死那么多老虎，岂不成了"打虎英雄"?! 有人则解释：那是把众人围猎之功，记在康熙一人身上了。我基本上相信后者，因为有文记述，康熙帝每次打猎，都有三四千弓箭手，列队围成环形，把野兽从栖息地赶出来，围在环网中，然后射杀或抓捕之。光在木兰围场，他就打猎 41 次，共猎虎 9 只、熊 3 只、野猪 55 只。这说法比较靠谱。

　　然而，不管是否由康熙帝亲自射杀，那被打死的虎豹的数量，都是多得惊人。而且，康熙帝打猎，武器就用弓箭，地点多在 1000 多平方公里的木兰围场上。今天想来，此地很有一点神话的色彩。

　　当年的围场坝上，想必是野兽极多的地方。康熙帝身体好，又极好围猎，不仅秋天猎，有时春天也猎。他猎杀了那么多虎豹之类，其后的雍正、乾隆，依旧沿袭旧制，每年照样举行"木兰秋狝"，每行常有一万多人随从。残酷的拉网式的猎杀，并没有停止过，不同的是后来采取了轮猎制，每年易地而猎，让一些地方得以休养繁殖。直到道光年间，"秋狝"才被永远废止。可以想见，那几乎每年一次形同毁灭性的围猎，历经了 100 多年，能有多少虎豹生灵会幸免?!

　　然而，其后的近 200 年来，皇帝行为的"秋狝"没有了，但

无政府行为的滥猎却取而代之。东北虎身长个大，毛色也最漂亮，有百兽之王的美称。在 20 世纪初，我国长白山地区都还有百头之多，但由于人们滥伐森林，大量捕杀野生动物，许多人为取虎骨、虎皮，还进行乱捕滥杀，东北虎更是急剧减少。

仅存的老虎们，或者被猎枪射杀，或者离乡背井，去了吉林和黑龙江东部一带，甚至渐行渐远，跑到了异国俄罗斯。据调查统计，野生东北虎现存 400 多只，大部分在俄罗斯，在我国已不足 20 只，散居在黑龙江和吉林等地，它们在围场坝上已经绝迹了。

我们于秋分后的第三天到达围场，下榻在御道口牧场宾馆。翌日，我们集体乘车，驰骋于广袤的坝上草原，走走停停，饱览美景。太阳西斜时分，到了一个名叫“大峡谷”的地方，看四周的山势，很像康熙围猎之所在。举目眺望，苍黄的天色下，当年让猎者怦然心动的那个庞然之物，今日却踪影不在。我于是情不自禁地望山兴叹：虎族兴旺之时我们惧虎猎虎，老虎绝迹了我们又思念老虎！我们何以有如此心态?！

在长期的实践中，国人终于逐渐感悟：自然界平衡的丧失，不怪天不怪地，只怪人类自己。觉悟了，也就亡羊补牢。据介绍，60 年代初期，正当我国 3 年困难时期，这里就开始建设机械林场。来自全国各地的包括 100 多名大专毕业生在内的数百名有志者，开始了大规模的机械造林。历经三十余年的奋斗，他们造林 70 多万亩，保护了原有林木 50 多万亩，改造次生林 30 多万亩，使这里成为我国北方最大的一个人工林场。如今，除了到处可见人工饲养的马牛羊群，据说野猪也日渐增多，熊豹已经重现，狍子时见于旷野，鸿雁、天鹅飞翔于天际。我们坐于车上，就曾目睹大雕猎兔的情景。

我们下榻的御道口牧场，视野所及，到处有茂密的天然林和人工林，广袤的草原依然那么苍茫，自然生态日渐得到恢复。此刻，山上的白桦林已经泛黄，绿色屏障正为斑驳“长城”所取代。虽然夏天高可没膝的花草已经收割，"风吹草低见牛羊"之景象也有待来年。但我想，我虽没见着老虎，而它赖以生存的环境已经重新营造，老虎窝有了，虎们归来的日子还会远吗？放眼看未来，想必可以期待。

曾吸引过许多影视艺术家，在这里拍摄过许多影视片的美丽草原，无疑也是旅者做生态游的理想去处。

南戴河北戴河

立秋后 3 天，我们一家前往南戴河，这是孩子几经鼓动，克服了我的障碍后才成行的。我不想去的理由是秋后水凉，更因这几天华北天天有雨，在那里游泳想必不会舒服。唯一让我心动的是那里我没去过，妻儿去过不止一次，他们极言那里的好处——游人比北戴河少，沙子比北戴河的细。

其实，据说那里旅馆已经爆满，我们得朋友帮助，才住进军队疗养院里。这里离海滩不远，驾车 10 分钟可到。到得海边方知，这里游人果然不少，沙滩上连遮阳伞都一个挨一个。今天没有下雨也没有太阳，但灰蒙蒙的天色，没有稍减游人的雅兴，在海里拍打着浪涛的泳儿，在遮阳伞下歇息的人们，个个都兴意盎然。

妻儿们更衣下水，我坐在沙滩上看守衣物。时而看他们游泳戏水，时而也琢磨这南戴河的种种。南戴河原本没多大名气，它是秦皇岛市抚宁县所辖的一个小地方。只因它有个海滩，沙软潮平，滩宽水清，潮汐稳定，冬无严寒，夏无酷暑，随着改革开放，游人日众，它的好处才日渐被人认识，还被誉为"天下第一浴"。

十多年前，妻儿曾来过这里，住在一个旅馆里。他们不止一次描绘过：从住地到海边，要穿过一片小树林，翻过一个小山包。他们住的是楼房，而当时的南戴河，绝大部分都是平房。刚才我们驱车寻访过，但旧时的楼房、山包和树林，都已经没有踪影。此刻，我回首岸边，却见许多不错的高楼宾馆，其中有两栋高大建筑并排而立，如同美国的双子星大厦。街上有个奇观，许多人骑着 3 人、4 人合骑的自行车，玩得很欢——那是出租车。夜里生意到 12 点还不关门，名副其实的夜以继日。

南戴河并无富有历史内涵的人文景观。就我们所见，仅有一个仙螺岛，坐 1000 多米长的索道可达，岛很小，如一艘航母，我们每人花 32 元来回，感觉不很值。意义只在曾经到此一游。据说还有个翡翠岛，滑沙很有趣，只是我们没有去，未识其妙，算是一个遗憾。

既到南戴河，就得去北戴河，两地相距很近，驱车也不过 20 分钟。况老伴没有去过，更是理应走一趟。到得北戴河市区，在一个路口问交警："到海边怎么走？""直走半分钟。一分钟就到海里了！"我们都乐了，"这里的警察真幽默！"

北戴河，10 年前我先后来过两次，都是来参加学习班。上午学习，提高觉悟，下午游泳，锻炼身体。那时年纪未老，身体尚好，伙食有补贴，胃口也还好。偶尔有点儿海鲜，感觉比自己家里好。

北戴河的文化内涵，比南戴河多得多。它的历史久远，人文景观多，名气也大。它是秦皇岛市的一个区，六七万人口，却早有"共和国夏都"之称。秦皇、汉武，唐宗、魏武，都曾过访此地，康有为、徐世昌、张学良，在这里有过足迹乃至韵事。那里有好几百座别墅，全世界几十个国家的传教士、外交官、富商大贾，都曾在这里买地建别墅。全国解放后，中央和各省市的一些企事业单位，也在这里修建了疗养院，据说有 200 多家，供职工避暑疗养。

　　靠海吃海，当地百姓正是如此。外地游者到这里，除了游泳、避暑、观光，还可体验一种人生。许多当地人，都在这里做小生意，开饭馆、卖海产、出租竹椅、太阳伞、橡皮圈。还有卖黏玉米的，用塑料袋装着，来回穿行于海滩上的人群中，一穗一元，比北京便宜。海滩生意，他们每年只能做两个月，随着秋风起，游人稀少，他们就只好另谋生计了。

　　我想起我采访过的3位朋友。一位是青年，当地人，没考上大学，到这里出租橡皮圈和竹椅，橡皮圈租一天5元、半天2元，竹椅一次5元或2元，干两个月挣四五千元。一位是海滨公路边一间简易小屋的店主，东北一家大厂的工人，因效益不好而自动下岗，到这里竞标一个小摊位，卖饮料、面包一类小商品，两个月也是挣四五千元。还有一位是退休老人，是"四清"时闻名全国的桃源村附近的刘庄人，那时他被"隔离交代问题"，好几个月下不了"楼"，平反后不在村里干了，后来卖西瓜，再后来又在这里改做租橡皮圈的小生意，就是不愿依赖孩子生活……印象很深的是，租橡皮圈的那两位，因为整天都在海边，皮肤都晒得很黑很黑，那钱挣得也是极为不易。"他们现在还会在这里吗？"我几次在心里这样问，并下意识地在海滩上多次寻看过，但人世沧桑，哪里会有他们的影子?!

　　在这里，海鲜大排档到处都是，价钱不算便宜，有的比北京还贵，但绝对鲜活。烹调技术不敢恭维，好在多为清蒸，也就无所谓。吃了两三次海鲜，第二天晚上我说："晚饭吃点面条吧，不吃海鲜了。"儿子以为我们要省钱，立马反对："为什么？我们干吗来了？"

　　一句话让我产生一种联想：历来游北戴河者，目的不同，作为也有别。秦始皇在此立碑，自颂功德，寻求长生不老药；曹孟德在此观沧海，作诗抒怀，碣石山上留下励志遗篇；当代伟人毛泽东，则在此决策国家大事，并留下绝唱传诸后人，一首《浪淘沙·北戴河》，一句"萧瑟秋风今又是，换了人间"成为不朽的名诗名句。伟人、名人来这里为了什么、做了什么,历史都留下记录或传说。

今天,我们普通百姓到此旅游,"干吗来了?"真正的目的,确实就是观光、游泳、避暑、吃海鲜,别无其他。而这,正是我们今人的一种福分。

南戴河北戴河,一河之隔,一桥相连。但怪我粗疏,来回了两三趟,竟没有想起去寻看,那条戴河究竟在哪里?什么模样?留下一个遗憾,也留下重游此地的一个由头,一个念想。

沧海桑田看番禺

仲冬时节,与几位北京文友相约,到广东番禺做文化采风之旅。去之前,番禺朋友问我想看什么,"看看古朴的农村。"我不假思索地回应。

番禺在我心中,等同于故乡。我出生在广州,日本侵略军占领广州前夕,全家逃难到番禺,在这里生活了八九年。1948年冬,告别了母亲的墓,我们随父亲回到原籍大埔县。掐指算来,离开番禺至今,已经整整60年了。

我之所以要看古朴的农村,是想借此找一点类似当年的生活场景,唤起更多的儿时记忆。儿时的印象,这里是"鱼米之乡"。举目皆围田,一望无际,稻禾成片,甘蔗如林,堤上种满香蕉树,农家屋后是鱼塘……

1995年,我第一次回番禺。但我那时所见,儿时生活过的地方,已是全然不同的景象:我们住过的稻草房,已没有了踪影;许多绿油油的稻田,青纱帐似的甘蔗林,已成为工厂企业的地盘;恬静的田园景色,已为繁忙的建设工地所取代;公路上风驰电掣般的汽车，远比水乡河道上的船只多得多。

但一个个明显的事实，又让我感到惊讶和振奋。改革开放后的番禺，农民少了稻田，口袋里却多了了金钱。据介绍，那时的番禺，已经成为广东省最富裕的地区之一，综合实力在全国百强县市中名列第六，外贸出口占广州市的2/3，地方财政收入名列全国县市第三。由县级市改为广州市属区之后，番禺宣传部的朋友又告诉我：广州3号地铁将延伸到番禺，番禺将建设广州大学城，南沙开发区将要大力开发，广州将会成为名副其实的滨海城市……

又一个13年后，今日再次重游番禺，心中仍然满怀着希望，期待看到留存的些许我想看的东西。那天，番禺朋友真的带我们游览"古朴"——几处都是古朴的宗祠和古老的砖瓦民宅。我们看了石楼村的陈家宗祠和南村镇的余荫山房，都是经过精心修缮古貌犹存之物。领略了古文明，感受了古风古韵，大开了眼界，也大感惊讶。一个南村镇，自古繁华，富甲番禺，曾为丝绸之路集散地之一；它名士辈出，传承文化，营造了"文化之乡"的美誉。走进占地2万多平方米的"南村文化中心"，可以感受到南村的文化概貌。税收总额居番禺之首，富裕之后不忘文化建设，南村堪为古镇的榜样。

番禺文明，其实源远流长。从古到今，都是名人荟萃的地方。尤其是为世人熟知的现当代名人，出自番禺者众多。现代岭南画派的创始者高剑父、中国人民音乐家冼星海、戏剧人物画美术家关良、舞蹈表演艺术家陈爱莲、话剧导演黄佐临、电影导演谢添、作家陈残云、地质学家何杰、生物学家彭加木、港澳知名人士何贤、工商巨子霍英东、革命家邓颖超等，他们不仅留下了光辉的史迹，还为中华文明建设做出了卓越贡献。为发挥这些人杰的文化效应，弘扬他们的业绩，激励今人的意志，番禺正建设含有番禺名人雕像群的星海文化功能区等设施。

两三天的过访中，视野中不时出现新景色，让我们目不暇

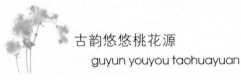

接。番禺的朋友也不断向我们介绍近几年番禺的变化。所闻所见，展现于我们眼中的是一个全新的番禺。广州延伸到番禺的3号地铁，早在几年前就已经通车。面积43平方公里、可容纳20万学生、位居全国第一的广州大学城已经建成。这里，国家级野生动物世界具有国际水准和极高效益；野生动物园马戏场每天都有数千观众，目前世界上最大的广州鳄鱼公园拥有鳄鱼近10万条；造有"动物岛"被誉为全国之最的生态主题大酒店里顾客隔着玻璃可近距离观赏白虎等珍稀动物，还有正在紧张建设中的面积2.73平方公里、可容纳6万人、亚运会历史上规模最大的广州亚运城等，都使番禺成为一个文化氛围极为浓厚的所在。许多"之最"物事的出现，是番禺新貌的一个侧面。番禺朋友说，他们正在打造"文化强区"。

"沧海桑田"这个成语，我不知用过多少次，但今日方知，用它形容番禺的变化，真有一种本源的意义在。因为这里曾是沧海，唐宋以后才被中原前去的移民，不断进行开发而改观。经过多少年的围海造田，成为粮食充足之地。到了明清时期，缫丝业的发展，使种桑效益大大高于种稻，有"十倍于稼"之说。于是，许多稻地成了桑田，甚至造成有桑田而无稻地的景象，演绎出名副其实的沧桑之变。

世事风物的变迁，乃是历史的一种必然进程。现代化的工业文明建立的过程中，总要改造以至取代旧式的传统的农业文明。这是社会发展的规律，每一次改造或取代的实现，都把社会往前推进一大步。我一时找不到"古朴的农村"，那是理所当然的事。因为我心中的番禺，是个往日意义的"鱼米之乡"。

那天回京时，路经广州大学城，我们特地下车，对该城做了匆匆一瞥：可容20万学子的所在，华南地区高级人才培养、科学研究和交流的中心，真是气派！真是壮观！我心中不禁赞叹：那是孕育文化精英的摇篮呀！

番禺，如今再称它"鱼米之乡"，会有一种时代之误，毫无疑问，它已经成为极富当代意味的"文化之乡"，极具竞争力的文化强区！

重游番禺，且行且止，所见所闻，皆新景新事，将我心中的番禺，几乎完全覆盖了去。古人曾有为"东海三为桑田"而惊叹者，那是少见多怪；而现在的番禺人，不满足已有的成绩，不断有所创造，年年都上新台阶。

时隔60年，我乘便第二次前来寻找母亲的墓地，虽然依旧未能酬愿，未能找到民政部门的有关记载，不知墓地的具体下落，但看到母亲墓地所在的小山已经美如花园，我也就心安了。她见证了这里的陵迁谷变，感受了人间的沧桑脚步，想必也是无憾了。

吊虎门炮台

时在大雪节气，虎门却如春日。绿色满视野，紫荆花红透紫，空气湿润，宜人也宜事。从万木凋零的北国来到这里，感觉十分惬意。

游览虎门炮台，是旅者的必选项目。安排好我们的住处，文友陈兄就亲自驾车，引领我们前往沙角炮台。车到炮台，已是夕阳西下时分，苍茫的天色下，举目西望，是一片辽阔的水面，亦江亦海，浩浩渺渺。这里真是咽喉之地，它和西岸番禺南沙大角炮台，构成东西斜峙，同如瓶颈之一端，扼制着南面喇叭口零丁洋之来敌，乃天然要塞。从地理位置上说，置炮于此，如一夫当关，当稳握胜势。盘亘于这里的缴烟码头广场、濒海台、功劳炮、节兵义坟、节马塑像和陈连升塑像等景点前，听着陈兄的简单解说，有正史也有野史，约略知道这里曾经发生的抗英壮举。

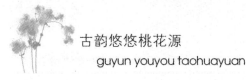
归来翻阅正史记载，更加详知，这里有过许多惊天地泣鬼神的英雄业绩和悲壮故事。

林则徐强令收缴英国鸦片烟商 2 万多箱鸦片并焚毁于虎门之后，英国发动了鸦片战争。1841 年 1 月 7 日，英国出动 20 多艘战船、2000 多侵略军，突袭大角和沙角炮台，63 岁的守将陈连升，率领 600 多名官兵，英勇抵抗，浴血奋战，因孤军无援，寡不敌众，绝大部分将士壮烈牺牲，陈连升父子也为国捐躯。连他的战马，也谱写了感人心魄的故事——它被英军运到香港后，不吃不喝，不受驯服，不畏鞭打，不时向沙角方向嘶鸣，最终饿死于香港的山上。眼前那节烈马雕像，神情淡定，气宇轩昂，让人感动不已，也神往不已。主人是英雄，坐骑为节马。良马通人性，可歌可书！

沙角炮台原有大小铁炮 11 门，如今最扎眼的是那门"功劳炮"。它是国产货，佛山制造，射程仅 800 米，却在抗英战斗中屡建战功。而它旁边是一门用重金购来的德国炮，号称射程 1 万米，但第一次使用时，炮弹就卡在了炮口里。留影在"功劳炮"前，也是让人不胜感慨，浮想联翩。我国制炮技术，明代曾比欧人先进 200 年，清代闭关锁国，反被后者超越。英人船坚炮利，侵略中国肆无忌惮。大清政府软弱受欺，割地赔款，丧权辱国，有悖英雄心愿，也玷污了英雄的鲜血。

虎门有十多个炮台，共 300 多门大炮。我们为采风而来，只想多领略一些炮台的风姿。翌日下午，又是夕阳西下之时，我们来到威远炮台。威远炮台与镇远炮台、靖远炮台相连，是珠江咽喉的"锁喉骨"，炮台雄伟壮观，有暗炮位 40 个。1841 年 2 月，英军强攻威远，岛上驻军无援，数百官兵与敌军肉搏，全部阵亡。也许因为时近傍晚，望江面烟波，苍茫中更有一种苍凉感。

沙角、大角炮台失陷，守将陈连升等战死后，广东水师提督关天培，亲临镇远炮台指挥。他率孤军英勇奋战，负伤多处，仍亲自开炮，还击敌军。傍晚英军攻入炮台，他挥刀上阵，与敌血战，被砍伤左臂，后被枪弹击中，口中仍然大呼杀敌。因全身伤重，血透衣衫，与400余将士一起，牺牲在炮台上。此刻，立于威远炮台，关天培的喊声犹在耳际，战斗的惨烈情状如在眼前。

读炮台，识英雄。这些英雄都是林则徐精神的继承者，纪念他们不能忘记他们前驱者林则徐。林则徐是中国近代史上的第一位民族英雄。他"置祸福荣辱于度外"，坚决禁止烟毒，勇敢抵抗外敌侵略，捍卫了国家主权和尊严。他领导和组织的虎门销烟，是人类历史上旷古未有的壮举。"若鸦片一日未绝，本大臣一日不回"的誓言，振奋了中华大地，也震撼了英国朝野。他领导抵抗的是当时世界上的头号帝国！我们如今想来，仍会感到光荣和骄傲。

当今学界，偶有论及林则徐的"另一面"者。有说他禁烟的方法最简单、最粗暴，也最愚蠢，给国家招来战祸。有说他发布了禁止一切外国商船靠近中国海岸的海禁政令，等同于中国单方面中止了对外贸易，是逆历史前进方向而动之举。结论偏颇，评说过当，有违辩证唯物史观。但学者一家之言，又属学术见解，国人无妨姑妄听之。

千秋功罪，从来由后人评说。国人心中的一杆秤，能称出林则徐等英雄作为的历史分量，"人无完人"的古训，又给国人以谅解历史人物的哲学支撑。

面向阔大浩渺的零丁洋，想起文天祥《过零丁洋》的诗句："人生自古谁无死，留取丹心照汗青。"虎门抗英英雄，死得悲壮，死得其所。他们忠义节烈，千古留名，事载千秋。此刻，我胸中涌动的是崇敬的心潮，心中铭记的是虎门炮台的风姿，以及英雄对我的洗礼。吊虎门炮台，凝结出四个字：英雄不朽！

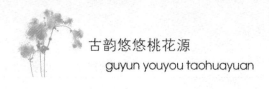
读虎头要塞

来到黑龙江鸡西市，朋友纪春林同志，建议我去看看虎头要塞，说是很值得一看。

这一带之于我，是个陌生之地。这里发生的往事，我少有涉猎。当年虎头要塞的侵华日军，在日本天皇宣布投降后，仍在这里负隅顽抗，使整个"二战"推迟了结束的时间表，此事我也不甚了了。

那天，经虎林县到得虎头镇，我便多少悟出点这"要塞"之"要"来。它位于黑龙江省东陲，乌苏里江西岸，地下要塞在小镇北面。那里有几个小山头，叫猛虎山、虎东山、虎北山、虎啸山和虎西山。山虽不高，但立于其上，可看到对岸的一些设施。离乌苏里江仅2公里的苏联萨里斯基军事区、西伯利亚铁路、伊曼市和伊曼铁桥等，当年都在它的视野之内。

正是它的军事地位，野心勃勃的日本侵略军，在与德、意建立军事同盟后，便从1934年起，用了6年时间，在这几个山底下，构筑了互相联通的地下工事，主干道总长十几公里。都是钢筋水泥的建筑，且设施相当完备，有指挥所、通信室、弹药库、粮食库、燃料库、士兵舍、将校舍、医务所、发电所、伙房、浴池、厕所和水井等。通往地面的地方，又有观察所、地堡、竖井、通风口等，甚至在通道的关隘处，还设有陷阱和射击孔，都是为最后抗击而造。据称，它可容纳12000兵力，支持3个月以上的时间，日本侵略军说它是"东方的马其诺防线"，"北满第一永久要塞"。

我们参观的，只是其中的局部，但上述种种设施都看到了，连同当年留下的若干发大小炮弹和手榴弹。地道里，潮湿且有一股霉腐味，但我从中读到了一页并不久远的历史。

1945 年 8 月 9 日，苏联对日宣战的第二天，开始攻打虎头阵地。日军 1400 名守备队官兵，凭塞据守，拼死抵抗。直到 8 月 15 日日本宣布无条件投降后，仍然顽固死战，甚至杀死前来劝降的使者。于是，苏军以几近 10 倍于虎头日军的兵力、各种重型大炮和火器，狂风暴雨般轰击这股顽敌，8 月 26 日，终于使这要塞归于寂静，包括前来避难的 600 多名日本侨民（老人、妇女和小孩）仅有 53 人逃命。在内的 2000 余人，或中炮丧命、或窒息而亡，全部死于要塞工事里。苏军也牺牲了 1000 余将士。

特别需要一提的，是被强拉去修筑地下工事的 10000 多名中国劳工，都先后被折磨致死或秘密杀害。为的是灭口保密。最惨的是最后一批劳工，工程完工之日，被集体骗到猛虎谷参加"庆功宴"，遭到机枪扫射，全部罹难，留下如山的尸骨，也留下千万冤魂的控诉。

走出这工事之门，回头看那山头，郁郁葱葱的林木，生机勃勃的景象，已见不到当年战争的遗痕，只有一拨又一拨的游者，不时在我跟前选择照相的景点。我也不由自主地，把这低矮的山头留在了镜头里。

上车前，我买得一本书，名叫《日苏虎头决战秘录——关东军虎头要塞失陷纪实》，作者冈崎哲夫，是那生还的 53 人之一。他以一个当事人的经历和视角，生动地描绘了那场战事的激烈和残酷，喊出了反战的强烈呼声。但是，作者当时只是个上等兵，所知所见，大多只是现象，中高层内的秘密，难得其详，因此读来总觉缺点什么。

一支守备队，竟不听天皇的投降令，其原因尽管有许多解释，但都属于猜测。历来不义之战，都是少数骨干分子所为。他们打着人民旗号，号称士气神勇，视死如归，皆是欺骗的结果。冈崎哲夫笔下，要塞里的日军士兵，眼看末日到来之时，却是充满恐怖、惊慌和绝望，并无赴汤蹈火，死而后已的气概。所谓武士道精神，不过是一种神话。

从虎头要塞的工事里，我读懂了一句历史的遗言：几时拓土成王道，从古穷兵是祸胎。侵略者想称王称霸，必定奴役百姓，驱民于水火。东瀛历史，为世所鉴。那岛国之民，想必不会忘记，虎头要塞之下，那堆枯骨，那群冤魂！

夹山寺里读"闯王"

湖南石门县夹山寺，是个充满故事和悬念，而又极富魅力的所在。

夹山寺的故事，因李自成而生。农民起义领袖李自成，兵败之后到了哪里？又死于何地？300多年来，一直为史家所争议。一说死于湖北通城，一说死于湖北通山县九宫山，"通城说""通山说"久争不决。与此同时，又有李自成当时没死，而到夹山寺当了和尚并于此圆寂一说。而"夹山说"，随着文物发现的日益增多，日渐为更多人所关注。

孟冬上旬的一天，夹山先阴后雨。我们穿行在雨中，浏览这规模罕见的寺庙，恭听专家讲述这里的故事和他的见解。

这里的"风水"位置很好：两边有山走势如太师椅的靠手，立于寺中向前眺望，乃坐西向东位置，如坐椅之中央，怡然而安适。山上林木葱茏，环境幽雅。此寺共有九进，从山门逐级而上，到最后的"金殿"，约有2里地。

据说，李自成兵败之后，独自到此削发为僧，并带领徒弟开山，卧风餐水20年，不断修缮屋宇，门徒弟子达数千之众。有一本康熙时代的手写本《甲申朝事小记》讲，有个湖北孝廉张琮伯，曾登此寺，见一老僧，形象伟岸，言辞慷慨，两人谈话投机，相处数日而别。后来再访，老僧已故，其徒悬挂老僧画像，并说"吾师即闯王李自成也"。

李自成19岁参加起义，26岁成为"闯王"，69岁圆寂于夹山寺。而按"通城说"和"通山说"，李自成则死于39岁。

在石门县先后发现的文物中，有几个李自成禅隐夹山的佐证。

进入地宫，是1981年发现的"奉天玉和尚墓"，有3个墓穴，其中中穴有奉天玉和尚《塔铭》。"奉天"原是李自成的僭号，他曾称"奉天倡义大元帅"，又曾称"大顺皇帝"，"奉天王"的"王"字改成"玉"字，旨在避讳，它佐证了"奉天玉和尚"即李自成，也证明了他不是死于通山的九宫山。

在寺中大雄宝殿正门东侧的墙壁中，镶嵌着一块石碑，叫"重兴夹山灵泉禅院功德碑"，碑文中有被凿去的"奉天"和"奉"字的字样残痕，据说可能是寺中和尚为避灾祸所为，这又证明"奉天玉和尚"是个身份特殊、非同寻常的和尚。

此外还有《梅花百韵诗》木刻残版、"奉天玉诏"铜牌等物的发现，也都为"奉天玉和尚"即李自成提供了证据。专家的解释，使"夹山说"给我等外行留下很深的印象。

从夹山寺归来，我翻看了一些史料。一篇介绍陕北史料的文章，又加深了我的印象。李自成生于陕北米脂县，那里的地方志记录了他的一些故事。康熙十二年由谭吉聪编纂的《延绥镇志》说，李自成兵败后，"南奔辰州……至九功山下……皆走险阻，不知所终"。《米脂县志》也称"自成率数骑，乞食山中，不知所终"。都未说其死，而说他"不知所终"。陕北还流传了一些民间故事，说李自成幼年当过和尚，名叫黄来儿。还俗时，住持送给他一个锦盒，嘱他遇大难时打开，可解困境。他兵败之后打开锦盒，里面原来是一把剃刀。他顿然大悟，于是当了和尚。……这些传说，在《米脂县志》以及今人收集的《李自成的故事》等书中，都有所记载。

尽管当年的清朝廷对李自成之死不肯相信，并惩处了诳报李自成已死的靖远大将军阿济格；民国初年学者章太炎也提出过质疑，认为"自成之死无诚证"，但在很长时间里，"通山说"占据了史学界主导地位，连《辞海》1979年版都采用了此说。为什么？有专家说，可能跟政治有关。《辞海》1989年版，兼容了另外两说，加了"一说死于通城，也有说隐于石门为僧"之句；而1999年版，却删去了"通城说"，而留下"另传有隐于石门为僧"的说法。这是不是学术争鸣的一个进展？

我游夹山寺，无力搞清其中是非，那是学术问题，是史学家的事情。但我却因其有争议，而陡增了对夹山寺的兴致。在我的心目中，夹山寺的魅力，就在于它的故事，在于它和李自成的神秘关系。

出得山门，大雨如注。回望那古刹，迷蒙之中，又添几分肃穆，如同一幅画，更像一本书，许多故事，许多悬念。

这里黎明静悄悄

儿时的语文课本，说马克思很勤奋，每天早上起得很早，9点就开始写作了。读了感到很奇怪，9点怎么还算早呢？后来才知道，人家那里的习惯，就是普遍起得晚。

我去过几次欧洲，对这习惯颇感不适应。我习惯于早起，5点醒来，6点吃早餐，吃完做我想做的事。出差欧洲，一人一个房间时，这倒也无大碍。而有一次两人一屋，就感到很不便，我要早起写稿，却影响他人睡觉，深感过意不去。

日前我第二次去伦敦，是因私探亲。我们夫妻和儿子同住一屋，儿子早已被同化，惯于凌晨两点后睡觉。头一两天我倒时差，还没什么感觉。两天后，我早5点醒来，他们母子还在沉睡，我只好眼看天花板等待。一想要等好几个小时，干瞪天花板也心烦，于是轻轻起来，独自到外面溜达。

天已是大亮了。伦敦的纬度，比哈尔滨以北的满洲里还高，天亮得很早。我们住地附近，是一大片住宅区，本来就不宽的马路两边，停着一辆接一辆的小汽车，而行人却是罕见，人们都还在睡梦中。每家几乎都有狗，此时它们也没出来，它们似乎也不兴狂吠，就连路边的法国梧桐上最不爱寂寞的小鸟，也都还没有鸣唱。我到了跟前，它们才缓缓飞起。

路当中是不许走人的，但此时没有汽车，我尽可大胆地往前走。每个马路口上都有一根柱子，两三米高处都钉着一块牌子，上面画着一幅幽默动物画，3只鸭子伸长脖子，有的望东有的望西，上面标着英文：LOOKOUT（意即"当心"）。而此时，我却无须当心。走了两个来回，这才发现一位邮递员，给各家送信和报纸，他大概是上班最早的人了。

每家门前的垃圾桶或黑色垃圾袋，头一天晚上都被装满，正等待垃圾车前来收取。爱用白色纱窗帘的人们，此刻大概正是他们最放松的时候。国人喜欢深夜的"万籁无声"，而在伦敦人的时间观念里，天亮仍是天籁俱寂时。此时唯一的声音，就是天空中飞机的过往。

儿子租住的19号，是一栋二层小楼，6个房间住着七八个留学生，分别来自英国、印度和中国。这两个月是暑假，他们大都打工，都很晚才回来。有的甚至到半夜1点后才回到住地。所以早上九十点之前，少有人到厨房做早点。惯于6点吃早点的我，也就只好随俗了。

早起溜达两天之后，我不再出来了。为避免妨碍他们睡觉，我5点听到第一班飞机起飞，就起来打电脑，记记日记，写点小文章。窗外静悄悄，手头也出活儿。习惯随不了伦敦人，只好我行我素。

伦敦人早上晚起的习惯，不知始于何时，但想必也是城市生活所造成，而且是工业文明的一种结果。试想，一个连电灯都没有，蜡烛也供不上的年代，哪里谈得上工作、娱乐到深夜?! 静悄悄的早晨，也怕是难以见到的。

这或许是200多年来逐渐形成的风尚。此前的伦敦，也曾是吵吵嚷嚷、乱乱哄哄之地。18世纪的英国作家阿狄生，就曾写过一篇散文，叫《伦敦的叫卖声》，反映当年伦敦的让人烦躁的种种吆喝声：救火员敲铜壶，接连一个多钟头不停，让人睡不了觉；卖火柴的小贩，声音喊得最大最凶；卖牛奶者的叫声特别尖细，让人感到瘆得慌。吆喝不顾时间，也不讲分寸。卖报的总是风风火火，跟闹了火灾似的，弄得全城轰动；卖萝卜的沿街叫卖，满城为之骚扰……那时的伦敦，想必不会有黎明静悄悄的景象。因此，作家认为这是不美的噪声，应该加以管理。这呼吁，延续了不知多少年，现在有此成效，也真是不易。

现在的伦敦人，在公共场合不爱大声喧哗，喜欢营造礼貌和宁静的氛围，却是他们绅士风度的一种表现，这也已经成为此地的一种风尚。

静悄悄的黎明，不是我们城市生活追求的唯一氛围，但尽可能减少以至消除噪声，人人学会不干扰他人的宁静，却是一种必要的文明。宁静是一种境界，宁静方能致远。

小城特里尔

德国特里尔，是马克思的故乡。10年前我去拜谒过。那是个只有10万余人的小城，却又曾是古东罗马帝国的首都，有2000

年历史的古城。小城里有两处景观，让特里尔人深感骄傲。一是罗马时期的城门，它是特里尔曾经繁盛的见证；二是马克思故居，它是创造了一个世界、影响了几个时代的伟人的诞生地。

马克思故居在布吕肯街10号，是一栋具有18世纪风格的三层楼建筑，马克思在这里诞生后的第二年，马克思一家就从这里搬到东头居住，此房为他人所用。1928年，德国社会民主党以重金买下，恢复了原貌。后被法西斯纳粹占用，直到1947年才重修开放。此后又几经修缮，先后接待了上百万的来访者。

真是不巧，那天我们来到故居时，只见大门紧闭着，门墙上那一尺多见方的铜质马克思头像旁边，有一块小牌写着德文告示："今天是星期天，不开门。"陪我们前来、曾在这里打工的昆明胡小姐给我们解读，她又说："不过，里面也只是一些图片一类东西，没有太多实物。"她是生怕我们扫兴。

扫兴的心情是显然的。此前十多天在伦敦，没来得及踏访马克思墓，导师写《资本论》时住过的地方仅是路过，他当年在其中读书破万卷的大英博物馆也只是进去看了一眼……我心中崇拜的伟人的遗迹，均未能做认真的拜谒，已觉有些过不去，今天可说是专程而来，心诚情真，竟又碰到休息日，真有懊丧之感。

但是，能过访此城，毕竟有所满足。小城很有历史意蕴，它有马克思的一段历史。马克思生于斯长于斯，在这个小城里，完成了中学的学业，并从这里走向波恩大学。在那里，他结识了本乡人燕妮——一位美丽的身后有一串追求者但比他大4岁的富家小姐，并与她私订了终身。今天，未闻有其后人居此城，他无忧无虑、初露了辉煌天赋的中学生活，他在自己的著作里没有过多提及，也无一个中学同学写过有关回忆。他曾经写过3册诗歌，其文学才能被誉为"可与德国文学上最优秀的大师媲美"，却没给后人留下他在此城读书时的天真和灿烂的文学描绘。只留下主考老师对他的毕业作文成绩的评语，称他有丰富的思想、完美而严谨的结构但有追求文辞华美和生动的毛病——而正是这"毛病"的发扬，使他后来的许多学术著作如《路易·波拿巴雾月十八日》、《福格特先生》等文采斐然。马克思长期漂泊他乡，很少回归故里，然而天地悠悠，伟大导师的名字，却与小城同在。

我们逛了小城，也在一家餐馆里吃了一顿特里尔风味的西餐。每桌都点着一支蜡烛，香肠、牛排、酸菜、沙拉、薯条和土豆泥，是我等享受的大众餐——据说，这也是当年马克思爱吃的饭菜。在这里，我们领略了特里尔的饮食文明和服务文明。

不久之后，我又一次过访伦敦，看了大英博物馆图书馆，拜谒了马克思墓，满足了我的部分心愿。但没进特里尔马克思故居，那遗憾让我一直耿耿于怀。

几年之后，我终于如愿以偿，拜访了马克思故居。不知是谁出的钱，故居又整修一新。给我印象最深的是留言簿，那里面最多的是中文留言，据说有上万条。故居里有中文说明书，有中文解说器。后来逛街时还发现，连超市和一些旅游景点，都有了中文标识。特里尔人的眼光，显然与时俱进，具有了世界性。

不知特里尔民众怎样评论马克思，如何对待这位本乡人。伟人马克思故居的存在并且常年开放，或许还有旅游商家的考虑因素在，而我从中看到的，却是特里尔人对历史的一种严肃，以及存在于民间的现代文明的进步。马克思的思想，无疑是与他们现行的主流意识相悖的，但特里尔人把它看作是他们的先哲，是一个历史存在。他们和柏林人善待马克思广场上的马克思、恩格斯雕像，与英国伦敦人善待海格特公墓中的马克思墓一样，也与法国巴黎人善待巴黎公社墙（巴黎公社曾一度推翻法国资产阶级政权）一样。曾经是敌对的人物或思想，他们不再视为洪水猛兽。历史曲曲折折地走到了现在，他们珍视历史的每一个脚印，把它看作是文明发展史上的痕迹加以保护。墓前墙下甚至常有民众敬献的鲜花，表达他们对先贤的崇敬心情和纪念之忱。

特里尔没有海，民心却宽阔。政客不容异己的"幽灵"，百姓却尊伟人的英名；没有刨坟、捣宅、毁像、鞭尸之类的荒唐，没让九泉之下的本乡先贤灵魂不安。

游览特里尔，领略到此处独特的文明。听小城故事，见小城风采。小城特里尔，小而不窄！

古罗马斗兽场

游览古罗马斗兽场，已是多年前的事儿，但那情景一直萦绕于心，感慨终未释放出来。此刻命笔，也是事出有因。

古罗马斗兽场，和佛罗伦萨的古桥、威尼斯的利阿托桥一起，被合称为意大利三宝。而游览罗马，又不可不看此三宝之首——古罗马斗兽场。它是全世界最著名的古建筑之一，据说也是罗马伟大与强大的象征。

参观古老，领略伟大，感受强悍，都是旅者所乐为。正是怀着此种意绪，我们一到罗马，便兴致勃勃前往，寻访这亚平宁半岛上的名胜。

斗兽场在罗马市区东南。从外面看去，它是一座残缺的建筑，西墙有四层，其余为三层，墙上的拱形门窗，一个挨一个。进得场内，便有古意扑面。满眼是褪了色的淡红古砖，它上面砌着一层色彩明显的红砖，交接处参差不齐，显示出维修的痕迹，亦可约略看出此前的断壁残垣旧貌。

整个是露天建筑，呈椭圆形状。四周的看台上，有包厢座席，有普通站位，中间是宽阔的表演场地。几道约 2 米高的短墙上，据说当年铺着木板，供角斗士或野兽表演。公元 6 世纪之前这里是斗兽场，而公元 4 世纪之前是角斗场。木板下面便是角斗士休息处，或关野兽的所在。现在已无木板，露出的是阴森森的曾是野兽或角斗士行走的过道，那里仿佛还游荡着许多角斗士的阴魂。

　　面对这座建于公元 72 年、完成于公元 80 年的古建筑，我不禁想起意大利作家拉·乔万尼奥里的长篇历史小说《斯巴达克思》。它描绘的是公元前 1 世纪发生在罗马的一次著名奴隶起义，那领袖是奴隶斯巴达克。而小说的主人公叫斯巴达克思。罗马人入侵他的国家时，他在保卫战中被俘，被强迫做了角斗士。作家对罗马角斗场面的描述，残酷而又血淋淋。

　　角斗场上没有两个生还者，只有最后一个胜者才能生。在看台上压了赌注的看客的喊杀声中，斯巴达克思用短剑先后刺中了 3 个敌手。当他击倒第四个敌手时，群情激动，万众高呼，最高执政官、罗马的独裁者苏·拉，最终同意了还斯巴达克思以自由。此后，他成了奴隶起义的领袖。

　　面对眼前那万人看台，我仿佛看到，角斗这一天，罗马万人空巷，都来欣赏这野蛮的人杀人的竞赛运动。最高统治者还出钱让罗马市民连续狂宴 3 天，纵情享受种种娱乐，每天大吃大喝到深夜。

　　我还仿佛看到，在这数万名对角斗士做死亡判决的看客中，也有"圣洁"而又"仁慈"的贞女，她们也欣赏角斗士的惨死情状，使自己的感官欲望得到满足。

　　罗马斗兽场，进行过无数次类似的演出，无数角斗士的鲜血，渗进了这方土地之下。直到公元 404 年，才停止了角斗士的角斗表演。

　　公元前 1 世纪的意大利人的生活，缩影了一个奴隶制国家当时的政治和文化面貌。那是西方文明中曾经存在好几个世纪的古老状态之一，在它的文明长河中留下了让后人难忘的印记。

　　我想起同时期的东方。那时的中国是西汉时代。自春秋战国之交进入封建社会之后，中国此时脱离了奴隶制度已有三四个世纪。战争中的俘虏，都不再残杀，而是用来从事农业生产和其他劳动，后来甚至在刺额之后，有的还被派到远处经商。这是古老的东方文明。这个时代的中国，未闻让战俘充当角斗士之说。古代中国人的娱乐方式，有打猎、斗牛之类，寡闻有如古罗马那样的人与人的"角斗"。

各个国家的文明史，都以自己的方式，谱写着进步的轨迹。我们的文明比人家早，那是不争的事实。说实话，看这斗兽场，我没有领略出伟大，却是感受到了残酷和野蛮，奴隶、角斗士惨死之状不忍想象。

我把笔写这篇文字时，思绪忽然闪回到今天。一场不义之战，许多士兵成为战俘，人身立马沦为囚奴，待遇就如猪如狗，生死不由自己，尊严受尽凌辱。已被揭露出来的许多虐俘事实，让世人触目惊心。在高唱人权至上的今天，原来竟还有如此的文明大倒退！

此外，欣赏残忍之风，今天也没有消失。那些暴力影视，血淋淋的描写，不是仍然常见吗？角斗场的遗风不是还时有演示吗？呜呼文明，你何时才有洁净之躯？

感慨命笔，难书游兴，笼罩于眼前的，只是那被迫的互相残杀。故本文的题目，不说"游"而曰"吊"，为文的目的，是吊那些惨死的冤魂！

凭吊桂河桥

从曼谷乘车西去，约行两个半小时，便到著名的桂河大桥。说它著名，其实还是借了英国影片《桂河大桥》的光，该片得了奥斯卡金像奖之后，桂河大桥从此声名鹊起，成为泰国著名旅游景点。

此桥是二战的产物。1941年珍珠港事件之后，日军迅速占领了东南亚诸国。为了从南面进攻中国并西向印度，日军要在泰国修筑一条铁路到缅甸。因为形势紧迫，本来6年的计划赶在一年完成。于是把在东南亚诸国战败被俘的6万多英美荷澳盟军官

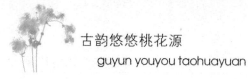

兵，以及从东南亚各国强征而来的 20 多万劳工，用刺刀驱使他们去筑路造桥。这条 410 多公里长的窄轨铁路沿线，本来就多有蛮荒险恶之地，加上刺刀、皮鞭和瘴疠、疟疾等疾患，使大量战俘和劳工抛尸荒野。1.6 万战俘和 10 万劳工的冤魂，永远游荡在这个佛国的上空。

在约略知道此桥的历史之后，我是带着有些沉重的脚步踏上这座大桥的，心中也带着一些一时费解的问题。因为据说，其中不少是死于桥上、血流桂河者，他们身上中的是自己盟军的炸弹！为了阻止日军修桥，盟军曾十几次派机轰炸正在修筑中的大桥，许多筑桥者因此惨死。其中，日军常把数百名战俘绑在桥上，作为阻止盟军轰炸的人质。如此虐待战俘的手段，残酷得令人发指。而盟军也不为此心动，1945 年二战结束的那年，美国终于派机炸毁了这座大桥，又有许多筑桥者遇难，他们和自己的"作品"一起葬身桂河。我立于大桥之上，注目悠悠南去的桂河水，心中不禁设问：因遭此虐待而沉冤的战俘之魂，他们积郁于心的仇恨，能因时代的变迁而化解吗？忘记历史者能算高姿态吗？

这天——11 月 28 日，正是此桥所在的北碧府每年一度的纪念活动的第一天。这座战后修复的 300 米长的大桥上，各种肤色的游客络绎不绝。特别是那些来自英美荷澳等当年盟国的游客，他们不远千里来到这里，据说都只是做了匆匆一日的凭吊。何以如此？我对此只是纳闷，却不知此中真情。

大桥的东岸有两处坟地，分别埋葬着 6900 多名和 1700 多名战俘的尸骨——确切地说，有些只是空有墓碑却无尸骨。据说，上述盟国的死者的遗属或游客，面对已故同胞的低矮的墓碑，也是只做草草的瞻仰和拜谒，便匆匆地去也。我对此仍是心存纳闷。还是身居佛国又笃信佛义的导游让我略有所悟，他说这里冤魂太多，夜里常有游魂忽至，甚至照相留影时，身后常常多出一个人影来，因此西方游客大多不敢在此住宿。这也许是佛家的一解，我等无神论者对此姑枉听之，但心中却对那些死者充满同情。呜呼烝民，谁无父母？死在天涯，家人不知，吊祭难至，精魂何依?！

怎样告慰死者？我不知所以。傍晚时分，导游给我们安排了一项活动——夜游桂河。碧绿的桂河水，由北向南缓缓而流。一艘其大如房的游船，由一艘小电轮拖着逆水上行，渐行渐远，繁华不见。只见两岸满眼墨绿，都是热带林木，少有房舍，更无炊烟。绿色和晚霞，交映出一片静谧。晚餐就在船上，我们边吃边赏两岸风光。一个多小时后，游船停于江中，任它顺流漂行。此时夜幕降临，船上灯光亮起。忽然有歌者放歌，继而有人起舞。四五十平米的船舱平台，忽然之间成了歌舞场。我并不熟悉的歌者舞者，他们此刻是何感想，我并不都知道。但我明显地感到，他们是在享受和平的幸福，有意无意中，也是在告慰死者的亡灵：战争已经过去，往事已经不再，悠悠桂河水，永远承载的，将是和平之歌。这是这里今天的现实，也是世人永远的心愿。

但我，却没有那么乐观。那些悲剧的制造者，他们心中还打着什么样的算盘，对他的后人有何种托付和期待，其后人又有何种心灵感应，我们尚不得而知。我知道的只是，有些人还在做着当年的旧梦，企图逆时代潮流而动。世界不宁，天地为愁。类似悲情，不绝于道。寇心不死，难有方舟。冤魂有知，未可无忧。作此小文，报道人间信息，也是真情吊祭。

陈醉和裸体艺术

一夜之间，他成了名人。《裸体艺术论》问世，使"陈醉"二字不断在报刊上出现。"陈醉"这个名字，随着几万到几百份的报纸和刊物，随着4万册图书销售一空，已传到千百万读者心目之中。

陈醉面壁 7 年，终于在他 45 岁时有了个好结果。几十年来，一个沉重的包袱——出身不好，像一大块石头压在他身上，没有脱颖而出的机会。今天，他到底是成名了！

—

俗话说人怕出名猪怕壮。陈醉却不，他不怕出名。他没有尝过传说中的名人的"苦滋味"。他深信，当名人的美滋味多于苦滋味。

他说："我从小就想出名。小时候，有个算命先生给我算命，说我长相不错（不是说好看），鼻子有福相，将来能大发，会当大官。"

生活，使他从政的思想遭到破灭。他父亲，老黄埔出身，官至国民党军级参谋长。淮海战役中全军覆没后被俘，1975 年特赦，不久就离开人世。

出身不好，使他绝了当"大官"的望。他得到的惠顾只是：下放干部时，他排第一个。他选择了做学问的道路，试图从这里打通成名的道路。

现在，他成功了！他很想领略一下当名人的滋味。他风趣地说："说真的，看到《文艺报》3 月 26 日的报道后，我真后悔当初没到书店去看看那种'掏钱十分痛快'的景象，没准给谁'认'出来了，像电影明星一样让人围着签名该有多美啊！"

4 月 5 日游漓江。在包租的游船上，一位电视台的青年女记者问他："畅销书作家陈醉你认识吗？"如此新鲜的桂冠，如此突然的问话，使他一时结舌！他反问女记者："你找陈醉有事吗？"女记者说："不是，我早上听广播，一则消息说陈醉的一本学术专著成了畅销书。因为消息奇特，加上名字好，一下子就记住了。今天来的全是美术界名流，我想恐怕会有人认识他，就随便问问。"陈醉于是释疑，放心自报家门。不料女记者听后"哎呀"

一声，连连道歉："我的确不是有意的，真的不知道，太对不起了！"

陈醉开始因出名而忙碌起来。记者陆续登门采访，编辑不断约稿索稿，读者纷纷来函求教，亲朋相继要求赠书……除赠书一项不能一一满足外，他大都有求必应。

有人对他说："你现在是名人了，该有名人的苦恼。"他不胜愉快："不，还没到这程度呢，不过，我倒希望苦恼起来！"

陈醉未出名，多数人不知有陈醉，连他单位里管人事的老同志也不知道他叫陈醉；陈醉出名后，则多数人不知陈醉原名叫国昭。

二

他的哲学信条是：事业上不甘人下，生活上不与人争。1960年，他赶上不甚苛求出身的年份，考上了上海戏剧学院舞台美术系。

在大学里，有人问他："你的一生应该怎样才有意义？"他回答："我要在历史上留下痕迹。"这种大实话，在当时理所当然受到批判。

大学毕业，分配到江西省话剧团。几乎没搞专业，参加了一年"社教"，"文革"就开始了。"下放干部"时他被告知：经过"本人申请"，他被光荣批准首批下放。其实他哪里申请过！不过，他有阿Q的幽默：这到底是"第一批"！回到南昌后，他继续着自己的追求。1981年，他报考研究生。他的同学坚信，唯有他有资格报考，也唯有他能考得上。果然，他考上了。他成了当地的"第一"秀才。他以"第一"为荣，他以"争做第一"为追求目标。

陈醉说，他崇拜三个人。第一个是马克思。他虽然没有从马克思的阶级斗争学说中受惠，但他佩服马克思作为"第一个"的精神。另一个是爱因斯坦。他的相对论，揭示空间与时间的辩证

关系，他由衷地崇拜爱因斯坦的地位。再一个是弗洛伊德。他第一个创立了精神分析学派。他认为弗氏的泛性欲论，是一个崭新的领域。陈醉认为，这三个人的伟大处，在于他们所建立的是第一功，在于他们没有躺在前人开凿的或自古形成的河里，而是另外开出一条河来。

陈醉在艺术上并没有惊人的创造，但他在探索。他善画油画和水粉画。他的画都很"前卫"，都带有探索性。在1982年创作的《空间，我们的》，被选送日本，在9座城市参加过展览。

他的理论文章，大多是研究现代派的。他的研究生毕业论文，本来可以选择一些保险系数大一点的题目，诸如某一风格流派的研究一类。但他认为，那都是别人已经研究烂了的东西。他选择了《论形式感》。做这样的文章，有点儿铤而走险。弄不好，会滑到"形式主义"上去。但他这样做了。他得到了探索欲的满足。

他研究裸体艺术，也有同样的欲望。他觉得，研究人体自身的艺术，是一个很大的课题。在中国，长期的封建禁锢政策，更是使这个问题成为研究领域的一个禁区，连谈都不敢谈。偶尔有文章涉及，也只是从反封建，从伦理、道德的层次上做文章。

1981年，陈醉决意研究这个选题，要做这个研究领域中的"第一人"。他开始收集资料。但只有图片而无论文，没有这类著作可资借鉴。他只有靠自己的"思考型"的脑袋。几百个日日夜夜，每天都在"思考"裸体艺术。墙上，贴着写稿计划表，用红色标志记着交稿日期。他以每天5页稿纸的进度爬行着。

差不多所有同学，都不赞成他搞这个选题。"陈醉整天抱着裸体，着迷了！"有人揶揄。有人调侃。有人怀疑。有人担心。有人开友善的玩笑。

7年思考，3年写稿。1987年5月20日，《裸体艺术论》终于付排了。这天，夏初天气，天空晴朗，微风吹拂。他骑上自行车，带着这个消息回家。他眉头舒展，走在宽阔的长安街上。

他曾说：不要把名字仅仅留在粮本里。现在，他的名字将要印在书上了。

从发稿到出书，时间仿佛特别长。终于，他拿到第一本《裸体艺术论》样书：墨黑的封面上，美术大师刘海粟题写的"裸体艺术论"五个大字苍劲有力；为古今读者所赞叹的美神维纳斯像丰姿动人；"陈醉著"三个字亦令人扎眼……他如获至宝。这是他的第一个婴儿，里面流着他的血。

他有一种欲望得到满足的愉悦。他站立在自己书房中——文化部小庄十六层宿舍楼的至高处——透过玻璃窗户向外眺望，两种心情跃上心头：往下看，他仿佛感到自己比过去高大了；向远望，他仿佛看到那里有许许多多的"第一个"在！

这几年，陈醉的哲学信条，多少有点儿改变。以前，他矢志"在生活上不与人争"，渐渐地，他的条件、环境发生了变化。他开始想在生活上也争个"第一"了。

在他的同学中，他第一个买地毯，他第一个买摇椅。现在，他又要第一个自费安装电话。他不买组合家具，那是别人开的先！人人都有，也就俗气了。

就连花钱方式，他都要与人不同。他拿到 5900 元稿费，除了交 1000 多元个人所得税，买了 1000 多元书，剩下 3000 多元，他当天就到百货大楼，买了一台进口录像机，几盒录像带，全部花光！

他说：不想当元帅的士兵不是好士兵，不想当"第一"的学者也不是好学者。他说："我表面谦虚，骨子里却骄傲。"他自信，《裸体艺术论》只有他能写得出来。

三

陈醉是个聪明人，机智、求实。他生就爱居人上的脾气，但争不过人家，落于人后的事情也碰得不少。遇到这类事，他的信条便是：不必太认真！要自寻安慰。他起笔名为"陈醉"，有两层用意：一是沉醉于学术和艺术；二是醉眼看人生，模糊看世界。

　　陈醉每以幽默的语言，自嘲，自慰。因为出身不好，他最先受到领导"关怀"，首批下放到农村；下放后，省里许多单位来调他，一看档案就不要了。他感到低人一等。但他说："也不坏，我出身不好，在省里也出了名。"

　　他有过愉快、美好的热恋，也有过不堪回首的分离。分离的原因，大都因为家庭出身。有的已发展到行将结婚的程度，但对方组织一来外调社会关系，就被对方家庭所反对，主动吹灯了。他悲伤。他愤慨。他声言：我是狗崽子！谁也别来和我谈恋爱！我也不和任何人谈恋爱！

　　他感到郁闷、压抑。但他说："苦闷出艺术。没有郁闷，就没有我的创作！"结婚之后，他和在南昌的妻子两地分居，却迟迟找不到解决的门路。

　　当研究生毕业时，他的硕士学位，比别人晚几个月得到；评技术职称时，他的副研究员职称，比别人要晚几个月获准。他感到自尊心受到伤害。只有这件事，他有点儿介意。好在时间短，而且一部《裸体艺术论》问世，使他的自尊心得到10倍以上的补偿和满足。

　　我们的主人公，一个1米65的个儿，身材与魁伟无缘，但整体结构匀称而结实；脸色像被海风吹过，近于黝黑。颧骨偏突，两颊略陷，鼻子稍宽，具有广东人的特色。嘴角带喜相，但个性不明显。眼睛有神，唯略欠完美与和谐。整体看去，潇洒倜傥，灵活机智，幽默有趣。

　　在南方，"百年"君为此形象自豪，常以风流潇洒自命，找女朋友从来不用发愁。来到北京，他却谦虚起来。有人问这位研究裸体艺术的专家："什么是人体美？"他以自己为例作答："你们人人都懂。1米70以上的个儿！我自己的人体就不美！我过去自认为潇洒，现在却不敢进舞厅。搂个高大的北京姑娘，舞池上现时出现一幅母爱的画面。"

这年，他获得"有国家级贡献的科研人员"的称号，这称号与劳模同义。陈醉，已走进英雄模范人物的行列。

我和陈醉是朋友。我过去对他的了解，只限于表面。我们常有来往。他也偕夫人光临过寒舍。为了写这篇文章，我三次到他府上访问。推心置腹的叙谈，我感到已进入他心灵的殿堂。我看到的是一颗坦诚的心，一个实实在在的人。这里，我写的是一个真实的陈醉其人！

王府井魅力

居京44年，其中头15年，在王府井生活和工作，其后的日子，也常去办事购物或闲逛。王府井的情状，不时留在心目中。

一

早已闻名遐迩的王府井大街，最初给我的印象不如所闻。44年前的那个8月的某日，我来这大街51号一报社报到。乘三轮车经东单三条进入这大街时，师傅说"王府井大街到了"，我一看大失所望：窄窄的马路宽不过六七米，矮矮的槐树高不及五六米，五层以上的大楼寡有所见……不是说这是闻名中外的大街吗？不是说它是北京的最繁华之地吗？怎么连上海的南京路都不如！甚至不敌我家乡广州的中山五路！这样的街道何以能称"大街"！

除了外观，最不满意的是商店的打烊时间，下午6点左右大都关门了，除了百货大楼稍晚，8点以后整条街都静悄悄，想买点东西，吃点小吃，都没地方找去。而在广州，此时正是游人如织之时，许多饭馆和小吃店，甚至通宵营业。还有一点看不惯，就是商店的店门，都开得很小，仅够两人同时进出，不像广州的商店，所有的门板都卸下，门户大开，顾客进出很方便。

初来乍到，我也是爱挑刺。但当我成为这里的居民，整天生活于其中，以至床头的窗户临着大街，日见熙熙攘攘的旅客，夜感万籁无声的寂静，我渐渐地读出了它的点滴——它其实很有它自己的魅力。

它很古老。六七百年的历史，因明代建了10个王府和3个公主府，得名为王府大街，又因街上有一眼甜美的水井，而定名为王府井大街。20世纪初，它便成为北京四大商业区之一，并日渐成为北京最具代表性的商业繁华区，外地旅者必到之地。传统的店面，传统的物品，构成一种独具个性的特色。我刚来没几天，老同事就带我到东安市场喝豆汁，至今回味仍有印象。

它很典型。它是社会变化的晴雨表，政治的风云，社会的心理，常在这里首先得到反映。

"文化大革命"的声音，最早从这里的51号发出。"破四旧"之风，最早从此大街刮起，街名改为"人民路"，"东安市场"易名"东风市场"，"亨得利"的招牌倒挂为"利得亨"。

百姓清一色的蓝、灰制服，这里展示得尤为明显。它是当时衣着的流行款式和颜色。

它很多彩。一条1810多米的大街，很像一个万花筒，折射出千变万化的生活。当不堪回首的一页翻过去之后，王府井大街日渐改变着自己的容颜。劳动模范张秉贵的"一团火"精神，影响了全体营业员，极大地转变了服务态度。许多戴着红袖标的女监督员，参与了王府井环境卫生的保护。当时，旧习尚未改变者如我，曾因随地丢冰棍纸被罚过5毛钱。王府井大街，经历着硬件和软件的大变化。

二

1980年报社东迁之后，我已不再是王府井的居民。从此，我前往办事购物或闲逛，更多的是怀着旅者的心情，带着顾客的眼光。

10年前王府井步行街开街，我以好奇的眼光，去领略老街的新面貌。那是20世纪的最后一天，我以少有的痛快，欣然同意陪同妻子和女儿，前往王府井大街。她们是要购物，我却是想重游故地——它是我工作、生活过15年的地方。而现在，展现于我眼前的这条步行街，比过去扩大了两倍不止，高质量的地砖铺得平平展展，踯躅其间不愁摔倒，两边都有宽宽的木板凳，供游人歇脚休息，各色各样的花坛，把街道点缀得花团锦簇。往日的名牌、老牌商店，如东安市场、同仁堂中药店、盛锡福帽店等，都依然存在，只是里外面貌一新，今非昔比了。东安市场引进港资，建造成了极其气派的大型综合性商场；全聚德烤鸭店，早在两三年前就进入了豪华餐馆之列……特别让我注目的是，增加了好几家卖洋品牌货物的商店，如瑞士表专卖店、肯德基和麦当劳（而且有两家！）此外又还有两家台湾人开的永和豆浆店。

豆浆店的对面，是一家气派的服装店，叫"好友世界商场"，它原是我工作过的报社的旧址。唯独这家商店，我特别情愿进去，那是想寻找一点往日的回忆。这里，曾是一个充满政治、中共中央机关报社的所在；曾是发表社论《横扫一切牛鬼蛇神》、最早传达出开展"文化大革命"信息的地方；也是我确定一生职业、开始生活选择的故地。如今，琳琅满目的商品和比肩接踵的顾客，展现出的是繁华的商品交易场所。我从一楼上到三楼，竟找不到一丝当年的痕迹。

不过，我在这里生活的一些镜头，却不时闪现出来：过春节时，我曾持票到对面商店，购买定量配给的四两葵花子和半斤带壳花生；为买一块"上海"牌手表，在报社斜对面的表店门前，我曾从头一天晚上排队到天亮；我曾听外地人说的几句顺口溜——北京市里三大怪，女人头巾戴两块，豆腐比肉卖得快，女的比男的坏。北京女人的穿戴习惯、物质的匮缺状况、女服务员的不良态度，都给了生动的概括和形象的描绘。这其实也是当年王府井大街某些人文风景的一个缩影。虽然最后一句，属打击一大片，却也是事出有因。

那天是岁末，她们母女的兴致特别高，我也只好做随和状，跟着跑了好几家商店。那商品的品种和数量，真是空前的多，营业员招揽生意的态度，也是空前的好。在一家鞋店里，我看见一双不需系带子的棉皮鞋，觉得样式不错，便伫立片刻，多看了两眼，服务员马上以笑脸相迎，说："老先生，这鞋很好，不用弯腰系带子，穿起来方便，价格也不贵。"见我犹豫，她又说："不买没关系，您不妨先试试。"说着说着，便把它拿下来让我穿。我经不住她的热情推销，且不断地自我落价，最终以70元买下一双（原标价180元）。我不知，那编顺口溜的"诗人"，见此状还能说什么。

居京40余年，我常常赞叹长安街，为它的宽阔，它的漂亮，它的气派。后来去了趟欧罗巴，却又羡慕那里的步行街。城市街道文明的轨迹，由步行街而马车道而汽车路，如今又时兴步行。否定之否定，文明的步履，螺旋式前进。于这王府井大街上，从闲适从容的行人的步履中，可感到的是新时代的一种文明。

三

最为王府井增辉的，莫过于东方广场，它位在东长安街1号，一个门开在王府井大街最南端。它是目前亚洲最大的商业建筑群之一，堪称北京的"城中之城"。其中，包含6个主题购物区的东方新天地商场，拥有餐饮、娱乐、休闲等多种配套设施，与王府井大街一起，构成一个庞大的购物市场。先进和时尚，气魄和规模，无不具备。而规模之大，竟让我这个有40多年"市龄"的北京人，至今尚无时间和精力遍游它。

王府井之变，真是日新月异。我每次前往，都有故地重游之感。我尤其有兴趣的是，每隔三两个月，就到王府井永和豆浆店喝豆浆（近期则是肯德基）。坐于二楼窗口，面对"好友世界商场"，畅想这里的种种变化，心中时有许多感慨。

琢磨那招牌上的四个大字，尤其感慨其中的含义：往日的"同志之家"，今日成为"好友世界"，它所凝结着的，是历史变迁的一种印痕。面向全国全世界，迎接四面八方友人，来客都是友，待之皆如宾，已是王府井人的一种理念。

不久前，有个机构评出"世界十大著名步行街"，王府井步行街没有入选。我不知，评选者所持的标准是什么。但每条街都有一两个关键词称之，如美国纽约第五大道是"时尚＋大气"，法国巴黎香榭丽舍大街是"文化＋情调＋金碧辉煌"，英国伦敦牛津街是"古典＋优雅"，日本东京都新宿大街是"魅力＋活力"，德国柏林库达姆大街是"协调＋平衡"、奥地利维也纳克恩顿大街是"建筑＋音乐"……那关键词，想必便是特色的代名词了。

那么，我们的新王府井的特色是什么？是传统，古朴？还是时尚，前卫？都有道理在。但我想，以"古老＋开放"概括，或许更准确。与那十大著名步行街相比，它难道逊色吗？我曾亲自游过其中的两三条大街，我敢自豪地说：新王府井大街，独具魅力！其魅力还在于，就连它的行进过程，都是独具特色！

槐花满枝头

近日在大院里散步，只见道路两旁，槐花满枝头，有白的有黄的，十分惹眼。微风一吹，飘落满地，如金如银，踯躅其间，如临诗境。日前乘车进城，穿大街过小路，举目望去，路边更有数不清的槐树，正盛开着金黄的槐花，几乎让我迷醉。

槐树有两种，一曰刺槐，一曰国槐。刺槐又叫洋槐，130多

年前从北美引进，它春天开花，开得很灿烂。国槐又叫槐树、家槐，六七月开花，近日所见就是这种花。此刻让我感慨的，也正是它。

细说起来，我有点儿对它不住，我曾经小看过它。44 年前我刚来北京，一进入王府井，看到大街两边都是不高的槐树，印象就不太好。连写文章都曾捎带贬过它，我说我一看就大失所望：窄窄的马路宽不过六七米，矮矮的槐树高不及五六米……把它和窄马路并提，夸大了它身躯的矮小，也说过它的树荫不如白杨和泡桐，还埋怨过它夏天爱长"吊死鬼"。现在想来，都有一种偏见在。

这些天来，酷热难耐，行走在槐荫树下，忽然有一种赏心悦目之感。槐花满视野，还散发出微微的香味。在此季节，它的同类大都在春天时节，随大溜赶大潮，早早就开花结果，如今就只顾自己，孕育着自己的果实，唯独槐树表现与众不同，在我们热得几乎中暑之时，对我们奉献出美丽和芳香。

我由此忽有所悟，它之所以有个崇高的名字"国槐"，又被北京市民选为市树，自有它许多优点和可贵处。最可贵之处，也许在于它的古老。它是中华大地土生土长的古老树种，据载周代就开始在皇宫周围种植。那时及其后很长时间，人们爱槐敬槐已是一种风气。春秋时期的齐景公甚至颁令："犯槐者刑，伤槐者死。"因为晏子谏言，才把这些囚犯放了。晋代苻坚进长安各州，"夹路皆种槐柳"，老百姓还歌唱"长安大街，夹路杨槐……"在北京，现存的古槐中也还有"汉槐"，怀柔柏崖厂村口河畔（雁栖湖上游）就有一棵，它是北京市的"古槐之最"。我们现在最容易看到的，是北海画舫斋古柯亭院内的那棵"唐槐"，它存活至今已有 1300 多年，是北京城区树龄最长的古槐。与刺槐之类相比，国槐显然具有国粹的意味。

招人喜欢，是国槐的一种本色。自元代建大都城起，它就一直是北京路旁的当家树，到明清两代，京城的街道树基本上都是它。村庄、胡同、四合院乃至水井旁，都是它屹立的地方。老头老太太，也最喜欢在它的树荫下，乘凉、下象棋，共同组成一幅幅悠然的图画。因而提起古都北京的风貌，古槐、紫藤和四合院，总是被作为京城特征而相提并论。

20世纪70年代末，我家搬到金台西路2号院。那时院里只有刺槐，寡有国槐。我家门口倒有好几棵，都是刚种不久的，树干小如我孩子的胳臂，风一吹摇摇晃晃。我有时买回一只活公鸡，孩子不让马上宰，用长绳子系着鸡腿，再拴到小槐树干上，给它喂食逗着玩。想来也有不懂事之时，那是冬天晒被子，曾用绳子系着两棵小槐树，把被子挂在上面，压得小槐弯腰弓背。虽是偶尔为之，现在想来，也是不"槐道"的！若按齐景公的律令，我算"犯槐者"，也是"当刑"了。

其后不久，即80年代中期，北京城里开始大规模种植国槐，大院里很多人都曾参与了种植活动，此刻我们所见的众多国槐，就是我们那时所种。此时看到槐花满枝头，更有一番亲切之感。

众家看槐，各有心志。家具老板，看重它的木质，它坚实耐用，属优等木材。药材商人，看重它的医药用途，槐花清热去火，槐实止血降压，槐枝煮水可治痔疮。城市园林家，则看重它易栽易活和长寿，绿化环境见效快。食品生意人，则看重槐花做的槐花酒、槐花糕和槐花茶。文学家选材时，也许对它的名字的起因感兴趣，《本草纲目》说"槐"谐"怀"音，有怀人之意蕴，更有旅居国外的游子见"国槐"而"怀念家国"之说，这些都可以演绎出感人的故事来。

而我，作为一个退休老人，只求心情的愉悦。当此之时，唯有挂满枝头的槐花，能为我稍减夏日的暑热，排遣暑热带来的烦躁，由此，我对它充满赞赏之情。我甚至不很赞成环保工人天天扫除槐树的落英，让它多留两天吧，遍地金黄，也是不可多得的美景啊！

景山歌如潮

"景山歌如潮",今天我真的领略到了。

节前的一个星期天,我专程前往景山公园,这是一次直奔主题的游览——听歌。著名景点万春亭、崇祯自缢处等,都不想再去探访,因为已经去过多次。这天秋高气爽,气温宜人。进得公园东门,就闻歌声此起彼伏。举目望去,近处远处,山下山上,道路两旁,树林深处,处处有人群。我且行且止,所见都是神情专注的歌者,少者一二十人,多者好几百。有人估计,高潮时有好几千人。他们都是中老年人,退休老人居多。

时近中午,我们没有赶上高潮时。但徜徉其间,盛况依然是见所未见。一棵大树荫下,几十个歌者围成一圈,正高唱"我们走在大路上,意气风发斗志昂扬……"一位 60 岁左右的男性指挥,正潇洒地指挥着演唱,八九个人的乐队十分投入地伴奏着。无意中,我发现其中有一位竟是我的同事!

我来景山听歌,其实与我这位同事的鼓动,多少有一点关系。他不止一次向我描绘景山活动的盛况,讲述他参加歌咏的好处,尤其称道舒畅心情和有益健康。我知道他 3 年前退休后才学吹葫芦丝和笛子,我也常见他一到周日早晨,就带着乐器,兴致勃勃出门,驾车赶赴歌会。我佩服他的执着。但更让我佩服的是,如今他竟成了这里乐队的成员,技艺精进让我惊讶。

在一个名叫"三间房"的地方,又一群人正在高唱《国际歌》,一位满脸大胡子的高个子歌者,声音洪亮而豪迈,他一边高唱,一边紧握着拳,做着坚定的手势。间歇时,我们有几句对话:"请问您多大年纪?""今年 61 岁。""经常来吗?""每周都来。""您唱得不错!""我是发自内心的!"让我佩服的执着者,原来大有人在!

最有恢宏气势、大气磅礴的声音,来自山腰上的一处树林中。在那棵具有400多年树龄的虬龙柏不远处,数百位歌者在纵情欢唱《没有共产党就没有新中国》,一位指挥和一位手风琴演奏者,豪情满怀地指挥着、伴奏着。看得出来,指挥和伴奏者很专业,他们富有经验并善于面对大场面。那站立于前一二排的歌者,从他们的口型和放情高唱的神态中,也可感觉出他们是训练有素,颇具准专业水平的一类。也许正因为如此,才吸引了众多的参与者和围观者。

我兴致盎然地踏访了七八个歌点,所闻尽是耳熟能详的红歌。毛主席的诗词歌曲《长征》等、抗日歌曲《游击队之歌》等、电影插曲《我的祖国》、《英雄赞歌》等、讴歌改革开放的《春天的故事》、《走进新时代》等,时在我耳边回响。讴歌共产党,称颂毛主席,欢呼新时代,礼赞社会主义,是景山歌咏的绝对主调。听来让人心潮澎湃,荡气回肠,振奋不已。

周日的景山,是节日的景山,来者都兴高采烈。他们为抒情而来,感激、欢欣和幸福等情怀,尽都诉之于歌,于欢歌中领略更多的愉快和幸福。他们也为释放而来,所有杂念,所有郁闷,所有不快,统统放一边,高歌一曲烦恼消,轻轻松松过一天。有歌者说,我们退休人,天天是假,周日是节,最乐是星期天。

周日的景山,是和谐的景山。人们来自四面八方,原来都不相识,干部工人、医生护士、教师演员、编辑记者、军官老兵,大家都是退休人员,职业和职位,不再是隔膜,都为一个目的——唱歌。这里不论职业的贵贱,不论地位的尊卑,都以"歌友"相称,彼此没有利益的纠葛,也就没有矛盾和纠纷。大家都有一个共同的期盼,即如下午散场时响彻景山的一串顺口词:"今日联欢在景山,嘹亮的歌声冲破天;要是觉得不过瘾,再等下个星期天。"

置身于周日的景山，立于歌者的身边，立即受到强烈的感染，都会情不自禁地参与其中，并毫无顾忌地扯开嗓子歌唱。没人嫌你嗓子不好，也没人笑你唱得跑调。歌唱的勇气，一下子提高了好几档。景山歌咏的魅力，完全出乎笔者的意料。这也许就是景山歌咏长久不衰的原因。据称，景山歌咏起于1990年的一个雨天，几个舞者走进三间房内，边避雨边唱歌，许多避雨者都参与歌唱。此为景山歌咏的滥觞，不料它竟日益成为群众欢迎的一种自娱自乐的形式，并且规模越来越大。

　　今天游览景山，群众歌咏成了第一景观。凭吊崇祯皇帝自缢的那棵古槐，已变得没太多意义。登临山顶的万春亭，对京城百姓来说，也不再是第一选项。即便是外地游客，也不会忽略这一京城胜景。笔者信步其间，不时可见外国游客，也都驻足观赏，流连此处风景。

　　初成于辽代只是小土丘、元代修筑殿庙、明代堆过煤、清顺治年间才更名的景山，几百年来，都以作为物的自然景观和人文景观，而渐次著称于世，并以其变迁的历史，吸引着中外游客。20和21世纪之交，京城百姓竟创造了一个崭新的景山，赋予它深厚的文化，历史悠久的皇家园林，如今成了名副其实的歌山。园林建设，又辟一个新思路。

　　歌者数千，有歌如潮，风采独具，想必也属世界之最！

衡量"大师"的尺子

　　近百年来，我们的"国学大师"有多少？许多人都有自己的一杆秤，都会以自己心中的尺子，从数以千百计的学者中，量出合乎自己标准的"大师"。

　　不久前有位教授发表看法，对"大师"的条件做了界定："大师就是博古通今，学贯中西，德才学识兼备"，"并以卓特识见、新颖方法或指明未来取向，而受众多学者景仰"。条件似乎很严，但他心目中的"大师"人数却又很多。他认为"百年来在教科文卫领域，堪称合乎上述尺度的大师级学者，或许仅有百名左右"。

　　近百年来的"国学大师"有"百名左右"，究竟算多还是少？有趣的是，2006年，国学网、人大国学院和百度网，联合举办了"我心目中的国学大师"评选活动，对象是20世纪的文化学者。他们从已故的文化学者中，预先遴选出50名候选人名单，要求网民读者从中选出10名。据报道，共有120万张选票，结果王国维、钱锺书、胡适、鲁迅、梁启超、蔡元培、章太炎、陈寅恪、郭沫若和冯友兰当选。对这一具有学术性质的评选，不由专家评定，却让网民群众说了算，虽然也有非议，但多数专家还是给予积极的评价。

　　非议者不仅认为50名太多，10名也还是嫌多。有的认为"王国维、章太炎、陈寅恪当之无愧"，有的认为"王国维是标准的'国学大师'，章太炎、冯友兰、胡适等也可以算"，有的则说王国维不该名列第一，章太炎才应居首位……不仅入选与否，连座次的排列，都有一些分歧。

　　分歧表明标准和尺度不同，即便有明确统一的标准，每人的把握也有差别。国学网等主办的评选活动规定的入选标准有三：一是在百年中已辞世的学人；二是有深厚的国学功底，在学术领域取得重大成就，有专著传世；三是有独特的思想价值观，对中国文化发展进程产生过重要影响。

　　对标准和尺度掌握的宽和严，其实是很自然的。"大师"的本来含义，是指有巨大成就而又为人敬仰者，多指学者或艺术家。而"巨大成就"和"为人敬仰"，都不可能量化。因此，谁能享此殊荣，向来没有十分一致的标准。学派林立，各有所宗，褒贬不一，难有共识。特别是同处一个时代，更是难以论定。卓绝成就，由后人做定评，也是理所当然的事。

百年来中国的大学问家其实很多，这是一个需要大师而且产生了大师的时代。虽然"国学"的含义尚有争议，但仅就通常所指相对于西学的传统文化的意义来说，已故的许多著名专家，都是这门学问的大家，都够大师资格，选10位已经够让人煞费心思的了，只选两三位，就严到近乎苛刻了。把大师神圣化，像圣人，像佛祖，独一无二，也是欠妥。

至于活着的"大师"，我相信长江后浪推前浪，前有古人后有来者，是历史发展的规律。先贤有先贤的贡献，但不是不可超越，先贤可以是大师，超越者也可以成为大师。认为健在的学者中没有"大师"，是传统的"盖棺定论"的观念使然。"大师"称号应是一种严肃的授予，自封和滥封的确要不得。把私下里廉价的奉承之词，随意见诸报端或其他媒体，有损"大师"荣誉的庄严性。

自封和滥封，是一种常见的文化现象。对待此风，我们一是反对，并予以批评；二是不过虑，坚信它不会以正面姿态出现在文化史中。它只会蒙骗不明真情者于一时，不会弄假成真。真正严肃的文化史家，会从研究作品入手，剥去虚假光环，淘汰形形色色的冒牌者，而真正的文化大师，总会占有应得的席位。

"大师"二字，只是一个符号，并不具有神圣的意味。把"大师"的称号变得高不可攀也是一种误区。在某个技术或艺术领域，成就达到了极致者，如称梅兰芳为"京剧大师"、侯宝林为"相声大师"、谢军为"国际象棋大师"，此外把绘画、音乐、舞蹈、武术等行的杰出者称为大师，并不会事实上也没有贬低"大师"称号的价值。因为人们都只是把他们看成是技术上或艺术上的成就卓绝者，没有视为世间独一无二的圣人。

当然，国学是一种综合性的学问，"国学大师"的称号，内涵要比许多单项学问"大师"都要丰富得多，文化层次也高得多，更具有哲学的意义。因此，人们对此称号特别看重，也是理在其中。今天，对国学研究成就进行检阅，对成就卓越者做出评价，也是对其表示的一种集体的敬意。真正的"国学大师"，会永远铭记于国人的心中。

刨坟鞭尸种种

在中国历史上，常有人对死去的仇人泄愤，手段形形色色，其中有一种极端，是刨坟鞭尸。此举在许多朝代都发生过，诸如"刨坟僇尸"、"发塚戮尸"、"剖棺戮尸"、"剖棺暴尸"、"断棺暴尸"、"剖棺断尸"、"剖棺刑尸"等等，虽然名堂不一，大致都是在死人身上做文章。这些行为都是于史有载，今人读来仍会感到过分和悖理。

此举不知始于何时，而最让后人熟知的，要数战国时期的伍子胥。楚国人伍子胥，因父亲被楚平王杀害，自己逃到吴国，做了吴国大夫。后来吴国大败楚国，占领楚都。伍子胥于是"掘楚平王墓，出其尸，鞭之三百，然后已"。这在当时，也是前所未闻。伍子胥当年的好朋友、楚国大夫申包胥，在逃亡中听到伍之所为，派人捎话给他："子之报仇，其以甚乎！（你这样报仇，未免太过分了吧！）""今子故平王之臣，亲北面而事之，今至于僇死人，此岂其天道之极乎！（你从前是平王的臣子，曾经面朝北亲自侍奉过他，现在竟然鞭打死人，这岂不是不讲天理到极点了吗！）"申包胥是从天理和人性的角度批评伍子胥的，不可谓不尖锐！

伍子胥其实也知道自己所为是大逆不道，他让来人转告申包胥："吾日莫途远，吾故倒行而逆施之。"（我像日落西山，路途却还遥远，所以才倒行逆施做了这件事。）也可以说，他是从文化或文明的角度做自我批判的，他深知自己的恶举有悖文明的潮流！这也是击中要害之言。

真个是倒行逆施！虽然如前所述的种种极端行为，在不同朝代都时有发生，但这样发泄复仇心理，乃是野蛮行径，历来为世人所不齿。在中国文化的发展途程中，它始终遭到非议和谴责。王莽"掘单于之墓，棘鞭其尸"、唐文宗对崔峻潭"割棺鞭尸"、雍正皇帝将吕留良"刨坟鞭尸"，施劣行者都留下了坏名声，甚至引起民怨。"过分"、"残忍"、"不人道"、"丧天理"、"小人行径"等，是世人对他们的批判性评价。

中国的文明史，今天已经有了长足的发展，不文明之举已日渐被鄙弃，而代之以历史的、文明的行为。对已故的历史人物，以历史的眼光，给予客观的评价，日益成为社会的普遍要求，也已成为社会的共识。到奉化溪口看看，便可见中国现代文明之一斑。奉化人把蒋介石这个当年"国民党反动派头子"的故居和别墅，给予完好的保存和修缮，显示出来的正是一种大度和文明。

在如今的世界上，这种文明也已成为一个潮流，为举世所顺应。德国特里尔人，不因马克思主义与现实政治相悖，而去亏待他们的乡贤，相反，他们想方设法保留并不断修缮马克思的故居；柏林马克思广场上的马克思、恩格斯雕像，也被当地人所善待；英国伦敦人，对马克思墓更是爱护有加，公墓大门有人看守；法国巴黎人，不因巴黎公社与该国当今的主流观念抵触，去推倒百年前的巴黎公社墙，而是让今人得以看到一个完整的历史文物。

不过，与此潮流相悖之事，却如沉渣时有泛起。虽然没有了刨坟鞭尸，却有砸碑、倒像、铲题刻一类现象。一些政客为着某种政治目的，煽动歇斯底里情绪，做出上述那种倒行逆施的荒唐事。而现代文明却已经使人民变得聪明，正以冷静的心态创造新的文明秩序。人们已不再以个人的好恶，决定自己对历史人物的遗迹采取何种行动。

绵远的历史是个过程，其间不知有过多少事件和人物，把这个过程装点得色彩斑斓。事件的是与非，人物的臧与否，千秋功罪，后人自有评说。让影响过历史进程的事件和人物，留下带着自己色彩的痕迹，想必也不是多余。

尊残助残　国之文明

第13届残奥会即将在北京举行，继刚刚结束的北京奥运会之后，我们又将看到许多激动人心的竞赛。全世界残疾运动员汇聚北京，给我们带来的将是一个又一个强者的奇迹。我们将又一次领略到奥运会的精神，感受到人类文明的进步和提高。

残疾人是一个庞大的群体。根据联合国的统计，全球有残疾人6.5亿，占总人口的10%，中国则有8300多万，每16人中就有一个残疾人。随着天灾人祸的不断发生，这一群体的人数还时有增加。与残疾人有直接间接关系的，何止千家万户！

残疾人的生活牵动着千千万万人，他们的方方面面越来越受到人们的关注。尊重残疾人，关爱残疾人，帮助残疾人，越来越成为人类共有的文明。而这种意识和行为的实施，也检验着一个国家的文明程度。因而原本是一种个人行为，现在已发展为国家行为。以尊残助残为荣，也正蔚为时代风气。

残疾人残损的大都是肢体或外部器官，而不是意志。无数残疾人正是凭着超人的意志，克服了异乎寻常的困难，创造了惊人的奇迹。"左丘失明，厥有《国语》；孙子膑脚，《兵法》修列。"是国人常挂嘴边的古代楷模。高士其、吴运铎、张海迪、史铁生等，则是与我们同时代的卓越者。即将出现在我们面前4000多

名残疾人运动员，无不是具有坚强意志的人物。他们的奋斗和创造，理所当然地应受全社会的尊敬。

我们还应看到，除上述典型者外，所有平凡的残疾人，他们能够坚强地生活在世界上，也需要顽强意志的支撑。作为一个最普通的人，都有一个不普通的境界，为了生活他们承受着许多艰难。因而，他们应该享有与健全人一样的人格尊严，也应该同样受到全社会应有的尊重。任何歧视意识和行为，都有违人类的道德，应该受到社会的批评和谴责。

一个数据提醒我们：在预期寿命超过 70 岁的国家中，平均每人有 8 年，即 11.5% 的生命是在残疾中度过的。人到老年，难免疾病纠缠，失去生活能力，需要别人护理。也就是说，我们很多人都有成为残疾人的可能。因此，尊重和帮助残疾人，不是一个单纯利他的意识和行为，它对许多人都具有很现实的意义。

我国是世界上最早进行残疾人专门立法的国家之一。1990 年第七届全国人大常委会通过了《中华人民共和国残疾人保障法》，标志着我国残疾人事业发展步入法治化轨道。今年 6 月，第十一届全国人大常委会，又批准了联合国的《残疾人权利公约》，对进一步树立尊重残疾人权利和尊严的良好风气起到积极的促进作用。

法有了，公约有了，现在需要的是风气的进一步树立。乘车时热情让个座，过马路时帮忙推推轮椅，说话时不伤害残疾人的自尊，城建时不忘修建无障碍设施，写文艺作品时不拿生理缺陷找乐……人人心中尊重残疾人，都为他们做点事，我们社会就增加了许多和谐。

尊残助残不是发达国家的专利，我国其实是最早提出关心"废疾者"的国家。战国末年的《礼记》，就提出过"鳏寡孤独废疾者皆有所养"的主张，孟子则说"出入相友，守望相助，疾病相扶持，则百姓亲睦"。这都是最早的尊残助残的人权理念和学说。我们今天所做的，也是对我国传统文明的发展和弘扬。

你还在公共场所吸烟吗？

5月31日，是世界禁烟日。禁止在公共场所吸烟，在全世界已成为潮流。从去年5月1日开始，北京的公共场所严禁吸烟，违者罚款。这一法规的实施，将会给北京的天空涤荡出一片清新气象，营造出一个良好的环境。

严禁在公共场所吸烟，近年来社会呼声日高。吸烟危害人体，污染环境，其情势之严峻，已经到了惊人的地步。现在中国吸烟人数世界第一，死于吸烟相关疾病人数世界第一。卫生部最新公布的数据显示，我国目前烟民已达3.5亿，"被动"烟民5.4亿，其中15岁以下儿童有1.8亿，每年死于被动吸烟的人数已经超过10万。

与欧美国家相比，我国的吸烟历史短，但蔓延的速度快，吸食烟草的人数多。美国商人在清光绪二十三年第一次在上海零售香烟，其后5年，第一家中外合资的烟草公司在天津出现，洋人的卷烟开始在我国大量销售。

我国禁烟控烟的历史并不晚于欧美，明清时期都曾禁止或控制过吸烟。但科学和文明的程度所限，我们禁烟的脚步比较缓慢。十多年以前，一些城市和地方也曾出台有关控烟的举措，效果却不明显。

效果不明显的重要原因，在于禁令不严。有令不行，禁而不止。墙上的禁烟标志虚挂着，明文的规定空写着。强烈的舆论没有形成，文明的意识没有深入人心，烟民我行我素，依旧到处吞云吐雾。轻罚无动于衷，重罚便有震撼。北京市的规定，还说不上很重，但相信会有效果。

重罚纠风，也是一种潮流。把重罚立为法，可以有效地达到令行禁止的目的。法国禁烟法规定，从 2006 年 1 月 1 日开始，一个顾客在餐馆吸烟，罚 450 欧元，店主罚 750 欧元。店里一个烟灰缸没有收起，最低罚 135 欧元。在英国，烟民在公共场所吸烟，罚款 50 英镑，乱扔烟头者罚 80 英镑。在法定禁烟场所，如果没有张贴"禁烟"标志，责任人罚款 200 英镑到 1000 英镑，听任烟民违反禁烟令的业主或雇主，罚 2500 英镑。这些重罚规定，都取得明显效果。

我们最应提倡的，是树立文明的观念，从思想上认识到，吸烟于己于人于社会都不利，从而不学吸烟或不违规吸烟直至彻底戒烟。这也是世界文明的潮流。"吸烟纯属个人自由"的说法，现在越来越没有市场。被动吸烟致病、致死的事实越来越多，违规吸烟造成对别人的伤害。吸烟不吸烟，已日渐成为一种道德取向。未来的"瘾君子"，想必会越来越少。或许有一天，人们对吸烟危害的认识愈见清晰之日，吸烟也许就会成为被世人侧目之举。那时，人们对今日北京以及世界各地的类似法规，会引起由衷的怀念和称颂。

不吸烟，特别是在公共场所严禁吸烟是世界文明的潮流，顺之者进，逆之者退。我们中华民族，面对进步潮流，从来不是旁观者。我们的最佳选择，便是顺应潮流。

鸡犬之声相闻

某日午睡，将入状态之时，忽闻"汪！汪！汪！汪！"，邻居的狗吠之声，狂叫个不停。我的睡意，顿时尽消，再也难以入眠。视午睡如汽车加油的我，一时心中烦躁。

我对宠物的吠声，本来并不反感，傍晚散步之时，见三五邻居，各领自家的小狗，到院里例行"放风"，它们相互追逐，边玩边叫，摇尾乞怜，讨好主人，温驯之态可掬，颇觉有趣。特别是寂寞之时，偶闻狗吠，还会感到有一种生活气息在。

"鸡犬相闻"的情景，有时是一种诗意般的境界。以它和"阡陌交通"、"炊烟缭绕"、"锋镝不惊"一类词并用，去描绘乡村的自然，便有太平盛世之感。

有一种情况是例外，那是战争或社会不安定之时。记得全国解放前夕，我还生活在粤东农村。我家离村口二里地，是单家独门，三面是山，松竹成林，白天是美景，晚上却静得吓人。那时国民党兵败溃逃，不时抓人抢物，我们就时有风声鹤唳、草木皆兵之感。特别是夜闻狗吠，心里就一阵惊吓，越吠越觉瘆得慌，好像贼兵已到了门口。

在城市里，曾有近30年不闻此声。不准养鸡，是为了卫生；没人养狗，乃因它是"资产阶级生活方式"。如今，养鸡依旧不准，而养狗却渐成风气。鸡鸣难得听见，狗吠却是时有所闻。

"鸡犬相闻"这一成语，今人常把它和"老死不相往来"连用，就又成了一种不和谐的人际现象。人与人之间，彼此不通情况，不往来交流，自我封闭，各自为政，便与当今社会潮流格格不入。毛泽东著作里，就批评过这现象。

而此语源出《老子》。老子李耳的原意，是要说明他的"小国寡民"主张。他认为，国小人少最好。这样的国度，虽有各种利器却用不上，虽有船车而没有人乘坐，虽有军队却派不上用场。百姓看重生死，而不远地迁徙，回复结绳记事，民风淳朴，吃得好，穿得漂亮，住得舒服，按自己喜欢的习惯生活。邻国相望，鸡犬之声相闻，民至老死不相往来。

李耳处于春秋时期，却主张回归原始时代，自然是逆潮流之想，但他憧憬无战争的世界，却反映了人民的愿望。其实，国之大小，民之多少，其利其弊，也要辩证看。老子身后几百年的事实证明，在当时的历史条件下，"小国寡民"并不好，它常受欺凌，遭侵犯，直至被灭亡。战国时代，大国小国，相互争战，结果大吃小，强灭弱，燕赵韩魏亡，强秦一统天下。老子的复古理想，其实是乌托之邦。两三千年后的今天，世界大势是大国小国平等，但有强权政治在，一些弱小邻国，依旧难免被欺，何来太平景象？

那么，"大国多民"就好吗？这也要辩证看。国家大，大有大的好处，大有大的难处。国家大，负担重，但综合国力强，易办大事。人口多，也是多有多的难处，多有多的好处。依我们国家的现状，人口多，弊多利少，正因为如此，我们要计划生育。而"拥有世界人口的五分之一"，却又是我们申奥的最强有力的一张牌。

老聃的哲学，猜到了事物对立面的统一，也意识到转化的必然，"祸""福"之说，就属哲人高论。但他对"小国寡民"的看法，却失之绝对化。用今天的眼光看，邻国相望，鸡犬之声相闻，本应密切往来，加强交流，让世世代代睦邻友好，才是上上之策；"民至老死不相往来"，既不现实，也不可能。

今天的潮流，一切主张沟通，提倡对话。大至国家，小至家庭，沟通便能增进了解，对话便能实现友好。一墙之隔，比任何乡村的邻居，距离都要小得多，更兼有电话，邻居就如同一家。有话通过电话沟通，即使不串门当面交流，许多事情也都可以解决，何况狗吠此等小事。人与人之间，多一分体谅，多一分理解，也就多一分和谐。若此，又何必一定"小国寡民"？！未来世风，也一样淳朴。

我近来午睡，不再烦躁。

古韵悠悠桃花源

东晋诗人陶渊明的一篇《桃花源记》，被世人传诵了1600多年，此文之名也被许多地方用作地名。连偏僻的敝家乡广东大埔县，也有叫"桃源乡"、"小桃源村"的。此乡此村我去过，它只是风景优美，却无陶先生文中所写的那些景致。广西桂林阳朔，新近建造了一个景点，也取名"世外桃源"，据说景点都按《桃花源记》营造。

去年岁末某日，我过访湖南常德桃花源。在登临桃仙岭途中，我信口说及上述事实和信息，身边的一位当地朋友马上接话："你如果写文章，可别说别的桃源，还是单说我们这个桃花源吧。"我很理解她的心情，她是宣传部长，热爱自己的地方，希望有更多人知道它。

其实，世人心目中的桃花源，就是常德桃源县里的这个桃花源，它的"正宗"地位无可取代。《辞海》所列"桃源"一词，指的就是此处，并说古迹"桃花源"就在其中。

据载，当年本无名叫"桃花源"的地方，陶渊明当时住在江西柴桑（今九江西南），也没见过什么"武陵渔人"，更无从听说过什么"桃花源"。事实是，他的朋友高吾去看望他，无意中谈起武陵（后来的桃源县曾为它所属），说那里有一美景，风光秀丽，景色迷人。言者无心，听者有意。陶渊明对当时的现实不满，正幻想一个没有压迫、没有战乱、远离尘世的理想王国，于是虚构出这个世外桃源，借以寄托自己的理想。

隋唐以后，人们按陶公的文章，陆续种植桃林，开垦良田，打凿山洞，建造屋舍，修筑亭阁，营造了一个古朴的所在。以后历经千年，几度废兴，终成今日模样。桃花源人最感骄傲的，便是它的历史的悠久。历朝历代留下的建筑，成了《桃花源记》的实物注脚，也成了今日的名胜古迹。

那天，我们未能循陶渊明文意，做"武陵渔人"之行，却是感受到了桃花源的浓浓古意。我们没有沿溪而行，而是拾级而上。登至半山，见一山洞，洞口有"秦人古洞"四个大字，洞约1米宽、2米高，里面无灯，却仿佛有光，摸壁前行，曲径通幽，约行百米，出洞口，豁然开朗，往前看，便见"秦人村"。那搭

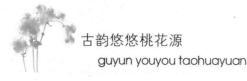
建于水塘边的秦人居，似树皮屋顶，如渔村人家，人影寥落，恬静无声，原始情状，远古风貌。我等俨然有"武陵渔人"之感，只是没见到"黄发垂髫"者。

我们又选看了另外几个古迹。桃花源里最早的建筑是桃川宫，它是晋代始建，以后几次毁于兵燹，1993年修复，规模远胜于前，宫外有参天古柏，门上有宋徽宗御笔题名，室内有宽敞道观，缭绕的香火飘烟，让人感到一种肃穆，一缕幽然的古意。

踏进唐初筑就、明末重修的集贤祠，只见一尊陶渊明塑像，其态悠然也怡然，心境仿佛采菊东篱下，却未见那"刑天舞干戚，猛志固常在"的金刚怒目。祠内有王维、孟浩然、李白、刘禹锡、韩愈等人的诗文碑刻，一览前贤的诗情画意，也让你领略到桃花源古已有之的魅力。在交通极不发达的古代，竟能吸引这么多颇有身价的名士，踏访这远隔尘寰之地！想必就在于它的古朴造成的扑朔迷离。

始建于元代的水源亭，开凿于清末的临仙洞等，以及渊明园、桃花源牌坊、刘禹锡草堂、问津亭、水府阁和桃花溪等，都是不同朝代营造、极富历史意蕴的景观。我不知，与桃源、桃花源同名者，谁能与它匹敌？

闲游桃花源，见古亦见奇。那方竹亭后的方竹，乃独一无二之物，据说全国就这儿才有。它约两指宽，两指厚，有棱有角。由于无人间伐，自由生长，一丛一簇，密而不朗，有一二百株，据说只砍过一根，送给作家丁玲做拐杖。而那伴竹而在的方竹亭，是现存最古的建筑。它顶若穹窿，人立于亭中说话，竟有回声隐约。方竹、古亭，不禁让人遥想时空的悠远。

盘桓桃花山，可惜来得不是时候，只见桃林，未见桃花，未能领略到"落英缤纷"的胜景。我心中不免默默盘算：何日得便游旧地，再访桃源赏桃花！

申时时分，我尚未尽兴，便带着遗憾，踏上了回程车。我忽然想起，上午上山时，在一个亭子里，见到四五个正在纳鞋垫的妇女。县委宣传部兰部长，向我们介绍其中 40 多岁的那位：她叫秦杏妹，秦人村人。改革开放以后，开了间擂茶店（擂茶是当地特有的一种饮料），生意不错，还出外销售，因此发家致富，并带动了全村。秦人村人，也都搞起旅游服务业，经济收入大增，现在家家都有了电话、电视机。她又说，现在桃源县全县，也大力发展旅游，已有十几个国家的旅客来旅游，还与日本建立了旅游热线……

此刻，又一个印象，深深烙在我的脑子里：今日桃花源中人，放眼看世界，情系神州；古意幽幽秦人村，遗迹留千载，人心不古！

饮酒纪事

我不吸烟，也不嗜酒，连茶都不爱喝。最爱喝的是凉白开，一上班先倒一大杯开水，置于窗台上晾着。渴了咕咚咕咚喝几大口，自觉如此才解渴。此习惯一直维持至今。

酒也不是绝对不喝。在故乡过年，家里自酿糯米酒，其味甜美，我也是喜欢喝的，一喝一大碗，也是常有的事。但白酒我是一点儿不沾，原因是嫌它呛鼻子，从来不认为它是美味。

参加工作以来，偶有些应酬，桌上无甜米酒，便不得已而随俗，举举小杯，以示礼貌，但从未喝干过。特别是近几年查出血糖不正常之后，更是力拒醇醪。例外只有过一回。那次去敦煌，路经嘉峪关吃午饭，接待处长是西北汉子，热情而豪放。他劝酒的办法是行鞠躬礼。他举着空杯子来到跟前，我忙说我不能喝，他不理我的话，自己先干一杯，然后深鞠一躬，我不好意思，喝了半杯，极言已是破例。他不说二话，又连鞠两次躬，连喝两满杯，最后一躬，竟头低至膝。我难敌其诚，干了那杯中物，以谢那西北汉子的豪气。

最难拒的劝酒是少数民族地区，特别是"拦门酒"，你不喝就进不去寨子。那年在湘西的一个苗寨，面对眼前那比宴会上的小杯大好几倍的大碗酒，真让我几乎感到无处可躲，好在身边带着个相机，忽然心生一计，举机给献拦门酒的那位妇女照了张相，乘机进了门。以诡计对待真诚，实在是很不敬，也是很无奈。

我已告别了所有甜味饮料，餐桌上可供我选用的，就只有矿泉水和啤酒了。也有无矿泉水之时，便只好以半杯啤酒应酬。而啤酒不甜，却是粮食制品，也当是戒饮之物，饮它也是无可奈何。

我深知，嗜酒酗酒，为人生所忌，有害身体，也误前程。我的一个亲外甥，在银行工作，时有应酬，养成酗酒习惯，造成酒精中毒，5 年前医治无效而亡，终年 39 岁。白发人送黑发人，我姐姐和我都难以接受这痛苦的现实。由此，我对酒更添警觉，不仅自己，也常警告儿子，切勿贪杯。

但有时又想，人生无酒，毕竟又缺了许多乐趣。连一杯淡淡的啤酒都不能喝，与朋友相聚便少了许多气氛。古人称酒为"天之美禄"，可"扶衰养病，百福之会"。所以有"古之圣贤，无不能饮"之说。所别者，圣贤不嗜不酗，饮而有节制。所谓"尧舜千钟，孔子百觚"，大概是后人（也许是酒徒）的捏造，因而受到准圣人们的批驳。多嘴的孔融上书嘲笑曹公制酒禁，说"尧不先千钟，无以成其圣"，就更是胡说八道，难怪他为此而丢了官。

我辈非圣贤，凡夫之饮与圣贤之饮也不是一回事。人圣的颂世之饮，饮出万民同乐，普天同庆；将帅的犒军之饮，饮出同仇敌忾，前赴后继。别说尧舜孔子，就是诗仙李白之饮，同我辈也绝不是同一境界，人家斗酒诗百篇，我等能做得到吗？无才如我，吭哧半天才有一两千字的小文，差到哪儿去了！

不过，我辈的俗子之饮，也有自己的追求，图的是一种情趣，一种享受。如今，我连这点享受都因自身的胰岛障碍，而被剥夺了去，想来也真是有点儿懊丧。但有时我也是想开了，当某种场面需要时，一点儿不沾酒也会有遗憾，这时我就顾不了那么多了——喝它一满杯！

有时，我甚至主动营造过一个饮酒的场景。今年五一节期间，一位二三十年未见的中学同学自重庆来，几位在京校友约好在中山公园聚会。我带去一瓶家乡朋友送我的"大埔娘酒"——地道的家乡糯米酒。那天上午，我们围坐在树荫下的餐桌前，喝家乡酒，说家乡话，叙同乡情，难得的机会，难得的氛围！多年未见过的面，多年没喝过的酒，友情美酿，相映成趣，其乐融融，难以忘怀。

我在大半生中，从来没有喝醉过酒。有朋友说我太遗憾了，缺少了一种人生的体验——我认可后半句话，却无前半句话中的感觉。没有感到遗憾，而没有这一体验也罢，无须苦追求。又有人说，不会喝酒的人不会挣钱，会喝酒的人能挣钱——至少他要比别人多挣一份酒钱，否则向老婆要难啊。这也许是实情。但挣钱没个够，而常醉酒者中，不少人喝的，往往是人家的或公家的酒，花的往往是公款！自己掏腰包，天天酩酊大醉，他未必有这份豪气！

俗人俗见，不敢期望认同。

怕看药品说明书

日前，我换用了一种新的降压药，从医院回来就想知道怎样吃法。药盒上标明："用法用量、不良反应、禁忌及注意事项，详看说明书"。我打开一看，一张纸的两面印得满满的，小六号字足有一万多字。戴上老花镜外加放大镜，才能看得清楚。

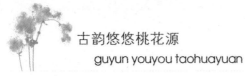

内容真的很详尽，从药品名称、成分、性状、适应症、用法用量，到不良反应、禁忌、注意事项、药物相互作用、药物过量、药理毒理等，共二三十项。仔细读来，有的读不懂，如化学结构图，如理论的相互作用；有的读之生畏，如"不良反应"中指明的各种反应的发生率，如"注意事项"中警告的可能发生的症状和危险，等等。

让我越看越看越发怵的是"不良反应"。该药对人的整个机体、心血管、消化、肌肉骨骼、神经、呼吸、皮肤、泌尿生殖等系统，都各有几种乃至十几种反应，总共有 100 多种，发生率有多少不等程度不同，大到10%以下，小到0.01%。这些发生率，想必都是有科学统计的依据的。但它面面都顾及，就让人无所适从，甚至把个例都列入其中，如说"曾有个别报道"，就不免让人越看心里越没底，越没勇气服用此药。

为了主治一种病，竟然引发多种毛病——至少是病症，或伤肝或伤肾，或头疼或脚肿，或消化不良，或心脏不适，虽说可能是短期症状，但伤害却是一种事实。这种伤害，并非发生在每个服用此药者身上，但商家既然交代了诸多副作用，患者就难以避免，不得不处处设防。

商家发此说明，也许有"勿谓言之不预"的用意。而"勿谓言之不预"，有正面意义，也有负面作用。患者增加了一种知识，也增加了一种茫然；商家履行了一种义务，也逃避了一种责任。

我近两三年买回来的药品，说明书都大同小异，似乎已经规范化。我不知这种规范和便民原则有多少差距。依我看，这样的说明书，更适合于给医生看，使他们更准确地开药方。药物的相互作用，药理的阐述，说的都是药物和医学理论，想必不是患者的需要，大多数病患者需要的，是一种简约明了的说明。外科医生在手术前，如果把各种风险，包括形形色色的个例，都与患者交代详尽，让患者决定是否同意手术，很难想象后者签字的手能够不发抖。

我们中医有个好传统，开药的学问全在医生心中，每一味、每一服药的性能全由医生掌握，没那么多啰唆话，医生尽责，患者放心。虽说中西有别，但医道应是相通的，他们需要给予患者的，是信心而不是担心，是坚定而不是犹豫。可以"包治百病"的药不可信，可能"导致百症"的药也让人心存疑虑。

科学解说，当我们要让它面向大众之时，就要把它变成一种明白学。我们之所为，越易使群众明白越好，让人迷迷糊糊，如云里雾里，效果就有违初衷，适得其反。我想，这是大众的心理，也是大众的希冀。

我读"男士衣着须知"

曾读到一篇"男士衣着须知"，专讲穿着打扮，颇觉有趣，也颇有感想。

"须知"内容多多，概括有"七不"、"一要"。"七不"：衣不称身的西装不要穿，天天一样的西装不要穿，缝合好了的西装外袋不要拆开，颜色拼贴的衣饰不要随意穿着，印有标语或警告字句的T恤不要穿，鞋面不光亮的皮鞋不要穿，消闲的日子不要上头蜡和定型水。"一要"：无论来自任何背景、从事何种职业，每位男士须要有最少一条领带，最好要有一系列款式各异的丝质领带，两条橙色的、几条有条纹的，甚至要有一两条最像样的名牌领带。

不读便罢，一读方知，我是大大的老土。不称身的西装我常常穿，因为我身材不伟岸，所买的西服不是偏长便是偏肥；同一套西装我曾天天穿，那时我第一次出国，公家发的置装费仅够买一套西装，没有第二套可换的；新买的西装，一回家就把本来人家缝好的外口袋拆开，准备揣小件物品用；皮鞋不是天天擦油，一周擦一次，难免有灰头垢面之时；颜色拼贴的衣饰倒是不穿，那是本能排斥花哨；印有"别理我，烦着呢！"一类文字的T恤衫，是小年轻的时髦，我只视为好玩，自己绝对不穿；不上头蜡也是本能的拒绝，同样是老土的表现。至于那"一要"，除了"最少有一条领带"可以做到外，其余都被我视为"奢侈"。那"一系列款式各异的丝质领带"，我压根儿就无意购买。所以，"须知"要求的那类"男士"，我其实是无法达标。

虽然我知道，那"须知"是劝人讲礼仪，按照规范穿着打扮，是提倡一种文明，营造一种讲究穿着的绅士之风。但细想起来，过分的规范，也是一种极端，它限制了自由，也约束了个性。规范得不现实，就难成风气。

在现实生活中，倒是俗语"穿衣戴帽，各好一套"更易为人接受。正规场合要衣着规范，是完全应该的，那是礼仪的需要；而平时则要自由，穿着随意，才显出多彩多姿。如今的世界，无论东方还是西方，人们对衣着的追求，更多的还是自由和随意。头一次看见西方人旅游团到北京，曾让我感到惊讶——他们怎么那么随便，都没有穿西装，而是五花八门，穿啥样的都有，更没有一律的唐装。倒是我们的出国团队，常是一律甚至清一色的灰西装，如同一群穿校服的学生。不同国度，不同时代，曾有不同习惯，不同色彩，这是历史现象，也是客观规律。

自由的意志，常常胜过规范的力量。坚守传统是一种自由，标新立异也是一种自由。标新之风起于青萍之末时，常为守旧者惊讶甚至摇头，但开放和自由的意识，却宽容并日渐把它视为平常现象。头一次在王府井看到青年男女穿邋遢裤——裤管多洞裤脚破碎，头一次在伦敦街头看到女士穿木拖鞋，头一次在柏林闹市看到白人穿着毛式中山服，都曾强烈地撞击过我的视觉。但我的感觉，总是始则惊讶，继而感叹。这感叹归结为一句话，这便是：大千世界，无奇不有，自由状态，才是本真。

照相馆里学浪漫

几年前，有朋友建议我们照张婚纱照，我们婉谢美意。"我们不想，像再婚似的!""你们落伍了! 现在很多人都照!"我们也承认，我们的观念，恐怕是真的落伍了。

其实，早在80年代初期，京城就开始时兴婚纱礼服。许多青年人结婚，新娘穿着白纱礼服，新郎穿着黑色西装，隆重举行婚礼，并到照相馆照相留念。此风也吹及中老年人，一些做银婚、金婚纪念者，也多有效法行事的，虽不铺张酒席，却也热衷于照一张婚纱照。

但多数老年人的心态，到底和青年人有所不同。青年人穿婚纱，是向往时尚，追求新潮。改革开放，冲破束缚，新风一起，便多有跟随。青年人既是兴风者，也是推波助澜者。老年人思想比较守旧，穿惯了中山装、列宁服，惯性观念就成为传统，最排斥的是"资产阶级"生活方式，效法西方就想都不敢想。面对新时尚，他们也只是亦步亦趋。"文革"时结婚穿着衣领打补丁者如我等，至今都未曾迈出这一步。

婚纱礼服，原非中国传统，而是西方习俗。西方人结婚，新娘头戴白色长纱，手持一束鲜花，新郎穿着黑色西服，白色硬领衬衫，系着黑色领结，手捧黑呢高帽，双双走进教堂，在牧师面前山盟海誓，成为正式夫妻。此俗代代相传，成为西方的一种婚姻文化。

此俗于20年代传入中国，30年代多行其道，40年代成为风尚。全国解放后，这种带有宗教色彩之风，被视为腐朽甚至反动，直至改革开放，前后30年中，婚纱礼服无人敢穿，此俗也销声匿迹。如果不是时代变迁，它便将成为永远的古董。

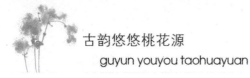

　　婚纱礼服的主要原料是绸缎，作为丝绸之乡的神州大地，原本最有条件兴此服饰之风的，只是因为文化传统不同，它才如同白皮肤蓝眼睛的洋媳妇，总是不易得到族人的认同。

　　中国的传统结婚礼服，因朝代的不同而时有变化，没有造成一个代代相传的统一款式。历朝历代流行的，既有上衣下裙或上衣下裤，也有连体的袍式服装。旗袍也曾成为时尚，只是时间不算太长。最传统的只有颜色，女士婚衣几乎一律是红色，大红自古被视为吉庆的色彩。新娘的"凤冠霞帔"，都是清一色的红色，红裙红裤红缎绣花鞋，正是最有传统意味的打扮。

　　现在，红色依旧还是被人们接受的喜庆的色彩，但白色婚纱并不因其有基督意味而被排斥，却是因其素净的外观和纯洁的本质而被认可。或许，这也是中西文化的一种交融，是两种观念汇聚的一种表现。

　　婚纱礼服，曾为时髦，曾为高雅，它象征庄重，表示神圣，但风起青萍之末时，因为价格不菲，也曾让普通百姓不敢问津。如今，因为时尚所推，也因为百姓生活提高，它也日渐成为寻常之物了。

　　婚纱礼服风尚在我国且行且止的历程，折射出国人观念的变迁，也反映了时代的进步。几年前我过访澳门，在市中心的民政议事亭广场，竟看到潮州市的婚纱晚礼服在这里举行模特表演。远离京城之地，今日也兴婚纱！我不禁喟然而叹：婚纱时尚，时代风采，大江南北，方兴未艾。12年后金婚日，我们的观念也许与时俱进，没准儿也会随时代，照相馆里学浪漫。